Assombros

Zé Wellington

1ª edição

Editora Draco

São Paulo
2022

Zé Wellington
É escritor e roteirista de histórias em quadrinhos, indicado três vezes ao Troféu HQ-MIX (a mais tradicional premiação do quadrinho nacional), tendo vencido em 2016 na categoria "Novo Talento Roteirista" pelo quadrinho *Steampunk Ladies: Vingança a Vapor* (Draco). Em 2019, seu quadrinho *Cangaço Overdrive* (Draco) foi um dos semifinalistas do Prêmio Jabuti na categoria "Histórias em Quadrinhos". Pela Editora Draco lançou ainda as graphic novels *Quem Matou João Ninguém?*, *Steampunk Ladies: Choque do Futuro* e *Luzia*. Na literatura, foi finalista do Prêmio Argos na categoria "Contos" e vencedor do Prêmio ABERST na categoria "Narrativa Curta de Crime".

Publisher: Erick Santos Cardoso
Edição: Erick Santos Cardoso
Revisão: Ana Lúcia Merege
Capa e arte: Ericksama

Dados Internacionais de Catalogação na Publicação (CIP)
Ana Lúcia Merege 4667/CRB7

Z 41

Wellington, Zé
Assombros / Zé Wellington. – São Paulo: Draco, 2022

ISBN 978-65-5753-021-4

1. Ficção I. Título

CDD-869.3

Índices para catálogo sistemático:
1. Ficção : Literatura brasileira 869.3

1ª edição, 2022

Editora Draco
R. César Beccaria, 27 – casa 1
Jd. da Glória – São Paulo – SP
CEP 01547-060
editoradraco@gmail.com
www.editoradraco.com
www.facebook.com/editoradraco
Twitter, Instagram e TikTok: @editoradraco

Sumário

A Lara, que sonha essa vida de histórias junto comigo.

Assombros do autor - Prefácio

Quando eu tinha por volta de vinte anos, a direção de um evento que eu organizava propôs que fizéssemos uma história em quadrinhos para divulgação. Assim escrevi meu primeiro roteiro para HQ. Depois disso, foram mais de quinze anos de fanzines e alguns álbuns pela nona arte. Mas, antes desta história, eu escrevia contos e pelejava para concluir meu primeiro romance.

O plano era simples: eu organizava num calendário as seleções de coletâneas abertas no gênero especulativo e tentava participar de TODAS. Devo ter passado dois anos nesse processo, e foi dentro dele que escrevi a maior parte dos contos deste livro. Fui vasculhando pastas dos meus backups e eles foram aparecendo, gritando por liberdade, ecos de um escritor buscando sua voz. A maioria desses textos tem mais de uma década de vida, o que faz deles um recorte interessante da minha jornada como contador de histórias. Muito mais do que isso: minha jornada como pessoa. Se hoje eu tenho uma inclinação para os temas políticos, ficção científica e regionalismo, há dez anos eu preferia contar histórias de terror e suspense com temas mais universais.

"Recomeço (2)", por exemplo, foi escrito num iPod Touch, quase numa vomitada só. Eu estava deitado numa rede num sítio na Serra da Meruoca e a história veio de repente, inspirada pelo conto "Parto em casa", de Stephen King. Já depois de pronto, uma seleção de contos em homenagem ao King surgiu e a história acabou publicada pela primeira vez por lá. Pouco antes da publicação, mudei o título do conto para "Violência doméstica", para diferenciar de outro que eu tinha com o mesmo nome. Depois o conto saiu na revista *Black Rocket*, onde foi modificado para a temática natalina para atender à seleção de um número especial da revista, recebendo o novo título de... "Violência doméstica no Natal". Enquanto escrevo este prefácio, vivo o distanciamento social da pandemia do coronavírus, e foi engraçado – e ao mesmo tempo perturbador – revisitar esta história.

"Tantruss, dadograme e barbatanas" foi um conto escrito depois de uma conversa com a minha esposa. Lara é psicóloga, e certo dia divagamos sobre delírios contados por pacientes em consultório. Muito da forma de Francis agir veio de sugestões dela depois que leu a primeira versão do conto, mas o personagem principal é bem mais inspirado em mim. Esse conto se chamava "Construto psicofantástico", mas eu acabei mudando seu título por sugestão do Rodrigo Van Kampen, editor da revista *Trasgo*, um dos muitos lugares onde essa história foi publicada.

Achei "Um dia na vida" meio perdido nos meus arquivos e só recordava que era sobre os Beatles por causa do título, inspirado na maluquíssima "A day in the life". Relendo, lembrei também que foi um conto escrito para um desafio da lista de e-mail Fábrica dos Sonhos. Acho que o tema do desafio era o nome da lista, e acabei juntando os dois temas. Sei que foi feito como um sonho, sem muito planejamento. Devia fazer isso mais vezes.

Um dia apareceu na Internet uma chamada para uma antologia com contos que misturassem os acontecimentos da Inconfidência Mineira com ficção científica ou fantasia. E foi assim que escrevi "O Prometeu inconfidente", um encontro desse momento da história brasileira com as ideias de Mary Shelley. Os textos extras que aparecem no início e no fim do conto só foram colocados para que ele alcançasse o número mínimo de caracteres exigido na seleção. Coisa de escritor iniciante com prazo apertado. Pelo que lembro, foi minha primeira história publicada, numa antologia da editora Estronho.

"Recomeço" foi um conto que também nasceu nos desafios da lista de e-mails Fábrica dos Sonhos. Acho que o tema era justamente o título. É um conto irmão do que abre este livro, pela proximidade deles em tema e forma. Originalmente ele era mais violento, mas acabei fazendo umas mudanças para esta coletânea, porque eu mesmo estava com dificuldades para digeri-lo.

"O trágico destino do colecionador de riquezas" foi um conto escrito para uma antologia inspirada no pecado capital da ganância, mais especificamente no demônio da cobiça Mamon. O conto foi selecionado, mas a antologia, até onde tenho conhecimento, nunca chegou a ser lançada. Quando escrevia esse texto só conseguia pensar em "Contos do cargueiro negro", enxerto da história em quadrinhos "Watchmen".

"PRR: Resultado de um inquérito" surgiu de uma ideia para um romance em que eu trabalharia um futuro distópico com personagens do folclore brasileiro. O conto seria o prólogo e chegou a ser selecionado para uma coletânea, anunciada por uma editora que fechou antes de publicar qualquer livro. Hoje, talvez eu escrevesse essa história de uma forma diferente, por conta das soluções que adotei para representar o protagonista e as motivações do crime no centro da trama.

Com "Quinze minutos", outro conto pandêmico, eu tentei escrever uma distopia erótica, motivado por uma seleção para uma antologia nessa pegada. Não foi uma tarefa fácil na época, já que eu era um jovem escritor ainda muito afetado por uma criação fortemente conservadora. Talvez por isso uma boa parte dessa história se passe numa igreja.

Certa manhã, minha esposa me contou um pesadelo que tinha tido numa loja de brinquedos, e a partir disso comecei a escrever "O mestre dos brinquedos". É uma das minhas primeiras experiências escrevendo histórias de terror e confesso que na releitura fiquei muito incomodado com o nível de violência (de novo). Escreveria algo assim hoje, sendo pai? Talvez não.

Como a maioria dos escritores, eu encanei que deveria começar com um grande romance, que daria início a uma série de livros. Então, antes de escrever contos, eu comecei a trabalhar uma ideia para um livro sobre vampiros no Brasil colonial. É bem óbvio que eu estava tentando seguir os passos do escritor André Vianco, embora mais influenciado por Anne Rice. Para o personagem principal, eu tinha um homem negro chamado Sebastião, nome inspirado no único caso de condenação a enforcamento da história da minha cidade natal, Sobral. "Sebastião, sangue negro" era a primeira parte desse romance e foi publicado no meu blog, meio como em folhetim, algo que também aconteceu com "O mestre dos brinquedos". Acabei desistindo de continuar o romance por entender que eu estava muito fora do meu lugar de fala. Ah, uma curiosidade: essa história é citada em "Tantruss, dadograme e barbatanas".

Apesar de ser um livro de contos, achei que seria divertido se este volume fechasse com o roteiro para as três páginas da história em quadrinhos nunca produzida "Flint Deadwood e Durin em: Regra Básica". Flint e Durin foram cocriados com o roteirista e ilustrador Wagner Nogueira e seria nossa primeira colaboração, até que entramos de cabeça em "Quem Matou João Ninguém?", meu primeiro álbum em quadrinhos. Depois disso, eu praticamente só me dediquei aos álbuns longos que viriam a seguir. Dá para dizer que esse roteiro representa o fim de um ciclo.

Embora algumas dessas histórias tenham saído em coletâneas, revistas ou ainda no meu blog, boa parte dos textos é inédita em qualquer formato. Mesmo os já publicados ganharam uma necessária revisão. Alguns eu quase desisti de trazer para cá, por achar que não representam mais o que penso como autor. Se acabei por publicá-los, foi para que eu mesmo pudesse olhar no passado e perceber o quanto eu mudei, como escritor e como pessoa. O que é um alívio.

Confesso que já estava deixando o roteirista subjugar o escritor. Mas resgatar esses textos me fez abrir uma caixa de Pandora. Não deve ser coincidência termos dois contos intitulados "Recomeço". No final, mais do que um resgate, isso talvez seja um retorno.

Zé Wellington

Sobral, 11 de fevereiro de 2022.

Recomeço (2)

Quando deu a notícia no jornal da TV, a apresentadora não evitou olhar torto para seu colega e marido do outro lado da bancada. Imaginava como estariam os trigêmeos em casa, aguardando os pais para a ceia de Natal. "Estão por todo o Planalto. O Ministério da Defesa ainda não se pronunciou, mas acredita-se que se trate de algum experimento descontrolado. Que Deus nos ajude. Boa noite". Encerrou categórica e sem conseguir evitar um soluço. A fala foi seguida de um boa-noite ainda menos animado do seu parceiro.

Em casa, Penha estremeceu. O dia que o pastor sempre falara havia chegado. Podia ficar tranquila tendo pagado o dízimo religiosamente nos últimos meses? Sentou-se na velha rede e começou a rezar.

Pela internet, especialistas especulavam a origem quase mágica da infecção. Os primeiros casos, rapidamente isolados na China e na Índia, eram praticamente iguais no restante do mundo. Rússia, Japão, um caso isolado – mas suficiente para infectar Berlim inteira – na Alemanha. A lógica apontava para um caso no Brasil nos próximos dias. No aniversário de um mês do primeiro morto-vivo estrangeiro, um gari do Espírito Santo teve um infarto e, dois segundos depois de cair morto, avançou no pescoço de uma mulher em situação de rua. Trinta segundos depois, ela deixou cair no chão o apetitoso sanduíche que tinha ganhado de um executivo e abocanhou seu bebê. Em pouco tempo, as regiões sul e sudeste do país estavam dominadas, junto com Argentina, Uruguai e uma parte do Chile.

Penha tinha desistido de ir à igreja logo na primeira semana, embora pudesse. Nenhum monstro havia aparecido na sua cidade ainda, e nem na parte de cima do país. Sem monstros, sem mordidas. Sem mordidas, sem monstros. Simples assim. Com a polícia barrando as entradas da cidade, aquele local parecia seguro. Foi quando ouviu que em alguns cemitérios os "velhos" mortos também estavam querendo levantar. Mandou Osmar Filho e Vera Lúcia para a casa de sua irmã. Sozinha em casa, sentou-se na cadeira de balanço e se pôs a tricotar. Não ia demorar.

As maiores capitais do mundo estavam em quarentena. Cemitérios eram trancados, já que mortos recentes e vítimas de outras doenças estavam saindo de suas tumbas. A ONU aconselhava a cremação para todos que morressem. Houve protesto de diversos grupos religiosos contrários à transformação dos defuntos em cinzas. Nos Estados Unidos, duas igrejas pregavam a "autotransmortização" como um retorno aos primórdios e à inocência despida dos pecados carnais. Uma onda de suicídios se iniciou, já que agora bastava morrer para se tornar um morto-vivo.

A porta do quintal gemeu e Penha se agitou. Desajeitada, pegou a única arma de que dispunha: uma velha vassoura de piaçava. Ficou tremendo atrás da porta, quando escutou uma sorrateira gata preta entrar na casa. Pensou que deveria se preparar melhor para o que estava por vir. Com a infecção generalizada, as licenças para armas de fogo estavam dispensadas. Penha comprou um calibre 38, mesmo o vendedor oferecendo um modelo automático. Seu pai tivera uma dessas velharias e uma vez até deixara que ela atirasse em garrafas de Ypióca no terreiro de casa. E algo mais familiar era justamente o que Penha precisava naquele momento.

Com as tevês interrompidas, as pequenas rádios AM locais eram a única forma de as pessoas se atualizarem sobre a infestação. Eram cinco da manhã quando o repórter policial noticiou que um cientista indiano havia descoberto uma vacina à base de alho capaz de evitar a infecção. "Não vai trazer de volta seu parente, mas vai evitar o súbito apetite por miolos caso você seja mordiscado", disseram, com palavras mais bonitas, na coletiva de imprensa. Sem novas infecções, em um mês a população de zumbis tinha diminuído em sessenta por cento. Voluntários – em sua maioria moradores de cidades interioranas – formaram o exército de espingardas que parou a proliferação dos desmortos. Em mais alguns dias tudo aquilo seria passado. Hollywood já tinha pelo menos três filmes engatilhados, e em um deles mostraria o inusitado ponto de vista de um zumbi, interpretado por Bill Murray.

Era dia vinte e quatro de dezembro quando Penha ouviu as boas novas no rádio, sentada no quintal de casa, pensando em ligar novamente para as pessoas e combinar a ceia de Natal. Respirava devagar, deliciando-se com o cheiro das fezes do galo que criava no fundo da casa. Mal havia se virado para entrar quando uma mão brotou do terreno arenoso e agarrou seu calcanhar. Penha reagiu instintivamente e chutou o membro, que parecia estar em estado avançado de decomposição. Correu para dentro de casa, mas, antes de fechar a porta, pôde observar aquele cadáver levantar-se desajeitadamente, tropeçando sobre a própria perna podre. "Ainda parece o mesmo bêbado de sempre", não conseguiu evitar pensar. Empurrou a velha Singer à frente da porta e correu até seu quarto, desenrolando o 38 de um velho lenço, primeiro presente de namoro. Podia ouvir o som violento da porta do quintal sendo esmurrada, a última pancada derrubando a velha máquina de costura no chão.

Penha se posicionou no corredor. Iria encará-lo de frente, como na última vez. O invasor caminhava lentamente com a cabeça baixa, puxando de uma perna. Penha tremia, mas se mantinha com a arma apontada para o defunto, que interrompeu sua caminhada e olhou nos olhos assustados da mulher."Precisa engatinhá-la, meu bem", disse o desmorto com suas carcomidas cordas vocais. Penha deu um pulo para trás quando percebeu que ele podia falar. "O Oscarzinho ainda tá dando trabalho pra professora?", prosseguiu o cadáver, que após essa última frase teve que puxar um verme de dentro da boca. "Comparado a isso, sua comida até que não é tão ruim", continuou, tagarelando com aquele meio sorriso irônico que Penha tinha aprendido a odiar. O zumbi se sentou na cadeira de balanço, no corredor da casa. Parecia tranquilo e à vontade enquanto olhava os enfeites de Natal.

Pilhas de corpos eram queimadas em praças públicas, entre muitas comemorações. Várias pessoas diziam ter voltado da "desmorte" na televisão. Uma mulher lutava na justiça pelo direito de continuar casada com um morto-vivo, agora só morto. Dois norte-americanos anunciaram fábricas de calçados movidas a trabalho zumbi, com planos rentáveis para comprar seu corpo pós-morte. Podia ser o fim da mão-de-obra barata e do trabalho escravo. Ou quase isso.

"Eu devia saber que cada surra que te dei foi pouco", continuava aquele desmorto na sala. "Achei que tu sabia onde era teu lugar e olha o que tu fez comigo".

Penha tentava respirar devagar e se concentrar quando alguém tocou a campainha. Era Tonico, o vizinho da frente. Penha não queria abrir a porta e ter de explicar por que o cadáver de seu marido – que ela dizia ter fugido de casa sem dar explicações – estava ali parado, putrefato, balançando-se na velha cadeira. Permaneceu em silêncio e mal percebeu quando o zumbi se levantou e a agarrou pelo pescoço.

"Tu bota veneno na minha comida e acha que eu vou deixar por isso mesmo? Vou te dar uma surra que você nunca mais vai..."

Antes que o zumbi pudesse terminar, Penha enfiou o cano do revólver em seu olho podre, sem atirar. Atordoado, o morto-vivo cambaleou até a porta do quintal, a arma enfiada na cabeça, onde Penha o acertou com sua panela de pressão. O corpo cambaleou em direção ao quintal, até que tombou imóvel. Penha ficou tentada a terminar o serviço com o 38, mas o barulho podia chamar a atenção do vizinho. Pegou a garrafa de álcool 70 embaixo da pia e despejou sobre o marido. Antes de acender o fósforo, contemplou o desmorto por alguns segundos. O cadáver despertou e pareceu incomodado com a ardência do combustível. Ele queimou durante pelo menos quinze minutos.

Discursos decorados por cientistas cobertos de medalhas se repetiam na televisão. Por um instante todas as guerras foram esquecidas, e as diferenças entre raças e religiões pareciam nunca ter existido. O mundo parecia ter mais paz do que antes. Naquela véspera de Natal, Penha chorava enquanto varria as cinzas do alpendre.

Tantruss, dadograme e barbatanas

Na caixa empoeirada de correio, uma correspondência brilhava, única e imponente, com as pontas levemente amassadas. Francis rasgou o pacote com violência. Até o mês passado sua ansiedade com a revista Scarnio era com relação a ler o que andavam escrevendo escritores de literatura fantástica do país, "os melhores", como estampava a capa. Mas esse mês o motivo era mais do que especial: o periódico havia aberto seu espaço para novos autores. Francis tinha enviado um texto e queria ser um desses "melhores", tentando aproveitar uma oportunidade única de iniciar sua carreira como escritor em uma das publicações mais respeitadas do gênero no Brasil. Ou pelo menos no grupo de e-mails de escritores de literatura fantástica do qual Francis fazia parte.

Antes de folhear a revista, ele entrou em casa com passos apressados. Não era só a ansiedade que o fazia querer chegar rapidamente ao seu quarto: temia também o encontro com o monstro que aterrorizava aquele território nada mágico que era a sala da sua casa.

– O que você está escondendo aí, Francis? – Seu pai, no sofá do outro lado da sala, nem se deu o trabalho de tirar os olhos do jornal.

– Um livro novo, pai. Sobre a vida do Freud... – A voz do jovem mal saía.

– Sei... Já viu os concursos abertos?

– Já entendi, pai.

– Não, você não entendeu.

Francis não esperou seu pai terminar de falar. Trancafiou-se no quarto. Antes de conferir a revista pela primeira vez, baixou a cabeça. O jovem olhou para a capa da Scarnio, ilustrada com uma bela guerreira medieval de roupas incrivelmente minúsculas para o momento histórico, e tomou fôlego para folheá-la. Seus olhos buscavam quase desesperadamente por um nome. Seu próprio nome. Sua tensão aumentava conforme o final da publicação chegava e nada de um Francis ou outro nome iniciado por um F. Eles poderiam ter abreviado, ou ainda usado outro sobrenome, ou... Ao chegar à última página, Francis resolveu fazer o mesmo percurso de trás para a frente. Tinha que estar ali. A partir disso as coisas poderiam mudar.

Mas nada.

Depois de olhar por alguns minutos para o teto do quarto, ele decidiu trabalhar, mesmo sofrendo com o sentimento de batalha perdida, como se o coração estivesse atravessado por uma centena de flechas élficas.

Francis atendia numa clínica pequena fora do centro da cidade. Na profissão de psicólogo, tinha se habituado a passar boa parte do dia ouvindo adolescentes ansiosos ou mães se queixando de filhos hiperativos. Ele realmente gostava da Psicologia, das nuances da mente e dos mistérios das atitudes humanas, mas faltava algo. Sua vida precisava de algo mais. Talvez uma cruzada épica por um artefato mágico. Se não isso, pelo menos, uma modesta carreira como escritor.

– Dr. Francis? – A recepcionista da clínica invadia a sala do jovem psicólogo. – Temos apenas um paciente hoje... Ele já está lhe esperando.

– Um paciente, Sherazade? Já não tínhamos combinado que, quando tivéssemos apenas uma pessoa, você desmarcaria?

– Desculpa, doutor. Eu não sei o que deu na minha cabeça... A gente fica nessa clínica e parece às vezes que alguém rouba nossos pensamentos – disse a atendente. Francis imaginou que já tinha visto isso em algum filme.

Já que estava ali, o psicólogo resolveu seguir adiante com o atendimento. Quando a porta se abriu, um homem gordo, suando em bicas, entrou no consultório, amparado por uma mulher que tinha dificuldade de segurá-lo. O sujeito parecia nervoso quando se sentou.

– Bom dia, seu... Octavio, não é isso? Como estão as coisas?

Já a sós com o psicólogo e depois de analisar toda a sala, o paciente encarou Francis com um olhar desesperador.

– Pelo amor de Deus, doutor, me ajude. Preciso voltar para o meu mundo!

* * *

Depois de perder pela quinta vez de Tantruss no dadograme, pensei que era hora de arrumar as coisas da mesa e partir para o novo caso. Cocei as barbatanas da nuca. Achava aquilo uma grande bobagem.

– Aquele caso do manicômio?

– É isso aí, Tantruss. Não foi pra isso que eu entrei na academia, mas trabalho é trabalho.

Revirei a pilha de papéis na mesa. Várias fichas. Todas com nomes de pessoas que enlouqueceram nos últimos dois dias. Pelo menos uma dúzia. Despedi-me de Tantruss e segui em direção ao estacionamento. Percebi marcas de ferrugem cada vez maiores no meu aquaveículo. Era certo que as águas do Oceano Bônico andavam mais turvas do que antes. Bom mesmo era quando cruzávamos os céus em dragões, diziam minhas mães.

Depois de deixar os engarrafados rios Tito e Aqueronte, aproximei-me da Casa de Saúde Mental de Omini. Recebido pelo responsável, percebo um alto nível de aflição no ar. Os dias não devem estar fáceis.

– Fico feliz com sua chegada, detetive. Temos pelo menos mais três casos.

Cruzando o vão principal da Casa de Saúde, encontro uma sala reservada com cerca de quinze indivíduos, todos circundando o ambiente como zumbis. Como era comum entre os quissarguianos quando ficavam fora de si, as peles dos doentes estavam exibindo um preocupante tom roxo.

– Eles simplesmente se transformam, policial. Não respondem a estímulos físicos, não falam nada, nem piscam nenhum dos três olhos. Agradeço ao santíssimo rei por termos um mago à disposição... Só um encanto de calmaria mantém os pacientes aqui dentro... Espero que o senhor possa nos ajudar com isso.

– Entenda, doutor, só estou aqui por um procedimento padrão. Isso deveria ser um caso para o responsável pela saúde na cidad --

Fui interrompido por um dos doentes, que andava em minha direção. Se eu não tivesse saído da rota, em duas passadas ele teria esbarrado em mim como se eu não estivesse ali.

– Alguma similaridade mais entre os casos, doutor?

– Nada. A não ser que alguns deles já haviam frequentado essa Casa de Saúde alegando problemas depressivos. Temos também ex-viciados em drogas tecnomágicas. Outros já haviam tentado suicídio. Mas daí a entrar neste estado de embotamento afetivo coletivamente... Isso não consta em nenhum manual magipsiquiátrico!

Em que grande loucura me meteram! Eu definitivamente não era a pessoa certa para esse caso.

– Tenho de ir. Mantenha-me informado, doutor.

Caminhava devagar até a recepção quando percebi uma enfermeira que se aproximava com mais um paciente catatônico. Notei um pedaço de papel rosa escapando pelo bolso do velho senhor, quase caindo. Catei-o furtivamente. "PROBLEMAS COM O MUNDO? CANSADO DA ROTINA? PROCURANDO UM NOVO SENTIDO PARA VIVER? VENHA EXPERIMENTAR UMA NOVA VIDA COM O DR. HAUSER".

Escrito no papel havia também um endereço, circulado a caneta. O paralelo com os sintomas descritos pelo desesperado médico foi imediato. Meu instinto dizia que precisava visitar aquele lugar. "Pode ter algo aí, Octavio", pensei comigo mesmo.

* * *

Francis despertou perplexo do fim daquele testemunho. Barbatanas? Oceano Bônico? Quissarguianos?

– O que o senhor quer dizer com isso, Seu Octavio?

– Eu estou no lugar errado, entende? Preciso sair daqui, voltar a Omini e...

– E onde ficaria Omini?

– No sistema Briaeros, às margens do Oceano Bônico... Mas isso não vem ao caso. Vou enlouquecer se continuar aqui...

Francis tentou esconder uma pequena risada no canto da boca.

– Nosso tempo acabou por hoje, Octavio.

– Como assim? Ainda tenho o que contar...

– Que tal na próxima semana?

– Você não entende, doutor... Preciso da sua ajuda!

Octavio foi interrompido pela mulher que o trouxera, que o psicólogo sabia agora se tratar de sua esposa.

"Quem escreveria um devaneio desse naipe? Phillip K. Dick?", pensava Francis a caminho de casa. Ao se aproximar da sua porta, ele percebeu uma moça na calçada.

– Quer me matar de fome? Sabe há quanto tempo estou plantada aqui? – perguntou Rose.

– Desculpa, Rô. Tive um caso bem atípico hoje.

Francis contou sobre o atendimento. Rose riu em certos momentos, mas sem perder o interesse.

– E o que mais? O que ele fez quando viu o endereço no papel? – perguntou, empolgada.

– O atendimento acabou. Ele não conseguiu contar a história inteira.

– Ah, fala sério! Agora que estava ficando interessante... Fica parecendo aquelas séries que a gente tem que esperar uma semana pra saber o que acontece.

– Pensando por esse lado, foi um bom fim de capítulo. Que tal aquele angusburguer agora?

No caminho de volta da lanchonete, Francis pensou sobre aquilo, já que Rose não parava de falar a respeito. Seria mesmo tão interessante a narrativa do seu paciente? "Isso dava um filme ou coisa assim", dissera

Rose em certo momento. Ao entrar no quarto, Francis enfrentou seu computador. Sabia que não ia conseguir dormir enquanto não escrevesse algo. Encarando o ponteiro piscante e a imensidão branca do processador de texto, digitou três palavras para não esquecer: Tantruss, dadograme e barbatanas.

* * *

Caminhando pelos becos escuros de Eregion, eu sentia um frio correr pela espinha. Era um bom local para se ter um negócio suspeito. Se fosse reconhecido como "homem da lei", podia provocar a ira das dezenas de marginais que frequentavam aquela região: traficantes de drogas, magos mal-intencionados e vampiros famintos. Por esse motivo tive de deixar a insígnia e a arma no escritório. Era apenas uma visita de reconhecimento. Afinal, tudo podia ser uma grande coincidência, e eu rezaria para que meus colegas de academia não soubessem que andava frequentando o "consultório" de um curandeiro aproveitador.

A sala do Dr. Hauser não foi difícil de achar: estava identificada com um grande luminoso no fim de um beco sem saída do bairro. A porta estava aberta. Ao transpassá-la, percebi um ambiente à meia-luz com um forte cheiro amargo, semelhante ao de ramos de glimmung. Eu tinha dúvidas se seria atendido, pois não havia marcado hora. Fui surpreendido por uma suave mão em meu ombro.

– Como posso lhe ajudar, meu caro senhor? – Era uma voz grave sussurrada, que assustava, mas também tranquilizava.

– Eu... tenho tido problemas... em casa – improvisei com as primeiras coisas que vieram à mente. – O trabalho também está me consumindo. Preciso de um novo rumo. Uma nova vida.

– Ora, meu caro. Eu diria que você vai ao lugar certo.

– Você quis dizer "veio ao lugar certo", não?

– Claro, por que não? – Apesar da aparente calma, o olhar de Hauser parecia tão doido quanto o daqueles da Casa de Saúde que eu estava investigando. – Queira ir até a próxima sala, por gentileza.

Quando avancei ao cômodo seguinte me deparei com um sem-fim de bugigangas espalhadas pelo ambiente. Eram fotos embaçadas de criaturas estranhas, seres peludos e esbranquiçados, além de aparelhos que eu nunca tinha visto. Um deles me chamou a atenção em especial: uma espécie de óculos, mas com apenas duas lentes para os olhos. "Quem usaria aquela coisa? Um pirata espacial?", pensei.

– Sente-se, por favor, senhor...

– Clarke.

– Senhor Clarke. Como posso ajudá-lo?

– Como já disse, o trabalho tem sido estressante. Minha esposa não colabora. Não existe mais sentimento entre nós. Meus filhos só têm olhos pra tranqueiras

modernas e mundos virtuais. Eu me sinto solitário. Não aguento mais as pessoas desse lugar. Estive pensando até em me... em me... – fiquei surpreso com minha capacidade de criar aquela história tão rapidamente.

– Já pensou em procurar um médico? Ou mesmo drogas... Algumas delas ajudam a esquecer os problemas. Conheço alguém no bairro de Rama que domina as misturas com ervas. – Hauser claramente tentava me evitar.

– É isso que você faz, doutor Hauser? Encaminha para vendedores de drogas? É assim que vai curar meu problema?

– Gosto de oferecer alternativas mais suaves antes de aplicar o meu método. Depois dele não há volta, meu caro oficial.

– Como assim "oficial"?

– A quem você pensa que engana com esse nome falso, Sr. Clarke? Tudo em você exala mentira.

– Estou aqui para conhecer o seu método, Hauser. Quem sabe você me prova que essa espelunca não está fora da lei e que você não se aproveita da boa vontade dos seus clientes?

– Eu ofereço uma alternativa, oficial. Uma chance de recomeçar. Você nunca teve vontade de que as coisas fossem diferentes? Ter uma nova vida, uma nova família, um novo jardim… Ter um novo jeito de ver a vida? É isso que ofereço aos meus clientes. Um novo mundo para explorar.

– Você é que é o explorador, Hauser!

– Hum. Então por que você não experimenta, oficial? A droga não fará efeito se você não precisar dela.

– Você só pode estar brincando... Eu vi o que isso faz nas pessoas.

– Uma dose apenas. Sinta o novo. Não use mais se achar que não precisa. É simples assim.

Não sei se foi o desafio ou a atmosfera daquele lugar, mas, contrariando toda a lógica profissional, encarei Hauser e disse que fizesse seu trabalho.

* * *

– Acho que por hoje é só, Octavio – disse a esposa do paciente, invadindo a sala de Francis.

– Meu paciente ainda tem algumas coisas a falar, se não se importa – o psicólogo tentou argumentar.

– Desculpa, doutor, mas o Octavio costuma cansar com facilidade. Quem sabe outro dia.

Octavio olhava para Francis como se implorasse para ficar, e agora o psicólogo compartilhava desse sentimento. De repente, seu paciente havia se tornado a companhia mais interessante que ele poderia ter.

– Traga-o amanhã, então. Seu Octavio precisa ser acompanhado com regularidade nesse momento – disse o terapeuta, antes de o paciente sumir pela porta.

Francis saiu apressado pelos corredores da clínica. Tirando do bolso um pequeno gravador, tratou de repetir como lembrava cada palavra da história contada pelo paciente. Da outra vez havia perdido uma série de detalhes, não podia se arriscar de novo. Antes de atendê-lo, Francis se inteirara do caso de Octavio, típica esquizofrenia paranoide. "Pelo menos os delírios fazem sentido", pensava o psicólogo, "fluem narrativamente como contos de Sterling ou do King".

No final da tarde, Francis tinha encontro marcado com Douglas, colega de profissão e, anteriormente, de faculdade. Apesar de um tanto desligado, ele vez por outra tinha grandes insights.

– Já percebeu como as pessoas parecem mais babacas com tênis branco? – Douglas rompeu o silêncio. – Sério, cara, quem é que compra um tênis branco, sem nenhum detalhe, nenhuma marca? Deixa qualquer um com cara de babaca... Ei, Francis, tá me ouvindo?

– Claro, cara. Claro... – Francis despertava do seu transe.

– Não tava, não. Qual é o lance?

– Sabe quando você está com uma história na cabeça e não consegue pensar em mais nada, só quer um computador ou papel e caneta na sua frente?

– Você tá escrevendo algo?

– O melhor que eu já escrevi. É que um paciente tem contado essas histórias... E elas parecem muito boas.

– Vamos com calma... Você está escrevendo as histórias de um paciente seu? Isso é antiético, cara.

– Seria se as histórias fossem reais. São delírios, devaneios. Coisas que só acontecem na cabeça dele.

– Pra ele são tão reais quanto um cisco no olho: ele pode não ver ou pegar, mas perturba pra caramba.

– Eu acho que estou ajudando... Tenho escutado as histórias e...

– Intervindo? Por favor, Francis, diga que está intervindo, fazendo o que aprendeu na faculdade, tentando ajudar esse homem! – Douglas soou duro.

Naquela noite, Francis sentiu seu texto menos fluido que antes. Mesmo com as gravações, reescreveu cada período várias vezes. Tentava dar à história algo que fosse seu, mas nada parecia tão bom quanto a versão "real" de Octavio. Impaciente, demorou a dormir. Ansiava por um novo encontro com seu paciente.

* * *

Sentei à frente de Hauser, que se retirou da sala por alguns minutos. "É só mais um charlatão", eu tentava repetir na minha cabeça. Mas o clima daquele local me perturbava. Já tinha estado em territórios mágicos, exorcismos de demônios e cemitérios indígenas, mas nada tinha me eriçado tanto. Em alguns minutos o "doutor" estava de volta com um copo grande com um líquido rosa viscoso. Ele colocou o recipiente em cima da mesa sem falar nada.

– Não vai me mandar beber? – perguntei.

– Faça o que tem de fazer, oficial. É uma escolha sua. Sempre será. Não esqueça.

Levantei o copo e notei que era bem mais pesado do que aparentava. Tive que usar uma força descomunal para aproximá-lo da minha boca. Ao descer pela minha garganta, o líquido queimou como a pior aguardente de Endor. Fiquei esperando alguns segundos por algum efeito. Hauser permanecia sério à minha frente, sem pronunciar uma palavra.

– E agora? O que acontece?

– O que você espera que aconteça?

– Uma cura? Uma nova vida? Só o que eu vejo na minha frente é um velho mentiroso!

– Os olhos veem o que acham que deve ser visto, oficial. Uma boa noite e até amanhã.

– Amanhã? Quem disse que eu voltarei aqui? – levantei tão rapidamente da cadeira que senti uma leve tontura.

Caminhei até a porta e, ao olhar para Hauser, tive a impressão de que ele só tinha dois olhos. Pisquei por um momento e, quando dei por mim, o doutor já havia fechado a porta do consultório.

Já na minha casa, tudo parecia ainda mais silencioso do que antes. Uma pilha de contas se acumulava na entrada. Deitei no sofá e comecei a pensar no que faria no dia seguinte. Estava sentindo uma grande angústia, um sentimento de incompletude. Folheei dois pergaminhos digitais, procurei pelas notícias mais recentes. Nada tirava da minha cabeça a ideia de que minha vida não era como deveria ser.

Cochilei e tive um sonho esquisito: conversava com alguém quando fui interrompido por uma mulher. Ela se aproximou um pouco mais e pude ver que tinha apenas dois olhos. Estranhamente, me senti bem. Acordei assustado e resolvi fazer mais uma visita ao Dr. Hauser.

* * *

Naquela tarde, Francis estava ainda mais atencioso do que antes à história de Octavio, embora de uma forma diferente.

– E como você se sentiu com relação a esse sonho? – perguntou ele.

– Era tão real. Era como se tivesse acontecido. Mas eu nunca tinha visto seres com dois olhos... É tão bizarro! Sem ofensas… – respondia Octavio, gesticulando bastante.

– Mas você agora tem dois olhos. Você também se vê como um ser bizarro?

– Quando me vi no espelho pela primeira vez, me senti confortável... Mas não sou eu! – nervoso, Octavio demorou um pouco para falar.

– E quem é você?

– Alguém que talvez tenha tomado as decisões erradas...

– Você é casado, não? Digo, no nosso mundo é casado, certo? Com essa mulher que sempre vem às consultas...

– Sim. Ela é uma boa pessoa. Mas tem algo estranho com a gente. É perfeito demais. Isso me incomoda. Sinto que ela tenta fazer o melhor, mas não é só ela... Tenho sentido meus filhos cada vez mais distantes e... – Francis percebia que Octavio começava a se reconectar com o mundo real, com aquele cotidiano em que ele era solicitado a viver pelas outras pessoas.

– E você? Não se sentia distante no seu "mundo de origem"?

Octavio parou novamente e refletiu em silêncio. Francis percebeu o quanto era doloroso para o paciente pensar a respeito da sua "nova" vida. Era mais cômodo se refugiar naquela fantasia. Ou seria ficção científica? Por um momento o psicólogo se questionou em que gênero aquele relato se enquadrava. Tentou se concentrar e voltar novamente ao atendimento.

– Não importa o que você diga, doutor, nunca deixarei de acreditar que estou no mundo errado. Eu sei que aconteceu. Mesmo que você não acredite.

– Sabe, Octavio, às vezes eu também sinto que vivo em outro mundo. Sou movido à base de expectativas que podem nunca se concretizar. Vendo por esse lado, também me sinto deslocado. Posso não entender bem o que está acontecendo com você, mas ninguém mais do que eu acredita em tudo que você está sentindo agora.

Francis pensou por um momento se não tinha se exposto mais do que deveria. Enquanto Octavio ouvia, um sorriso se esboçava no canto de sua boca.

– Estou cansado, doutor, preciso ir agora. – Octavio se levantou e caminhou em direção à porta, onde sua esposa já o aguardava.

Octavio pareceu um pouco mais satisfeito naquele dia. Francis também.

* * *

– Abra a porta, Hauser! Agora! – eu gritava como um louco em frente ao consultório do estranho doutor, mas ninguém aparecia.

De tanto bater, a porta acabou se abrindo sozinha. Antes de entrar, ainda olhei para os lados para saber se aquele barulho não havia chamado a atenção de ninguém. O consultório estava completamente vazio. Havia estado ali ontem, mas o lugar parecia ter sido abandonado há séculos. Poeira e teias de aranha enfeitavam os cantos. Era impossível que a noite anterior tivesse sido uma ilusão.

Ao avançar pelo corredor, encarei a sala onde havia tomado a droga milagrosa de Hauser. As bugigangas não estavam mais lá. Estranhei a presença de um grande espelho ao fundo. Minha imagem se refletia borrada, mal conseguia me reconhecer. Foi impossível não fazer um paralelo com minha vida: eu não era mais a mesma pessoa desde que havia assumido o cargo de policial de Omini. Havia escapado da minha família atrás de uma vida de aventuras tão falsa quanto um seriado antigo. Quem sabe as verdadeiras desventuras dos heróis e guerreiros não fossem com seus filhos, em desafios com armas de brinquedo? Um mundo inteiro de possibilidades, pensei. Um aperto tomou conta do meu peito. Aproximei-me do espelho e o toquei. Uma vertigem tomou minha cabeça. O espelho começou a se liquefazer, e minhas mãos pareciam coladas à sua superfície. Uma forte luz tomou conta do ambiente. Com muito esforço abri meus olhos e percebi que meu semblante havia mudado. Eu não sentia mais um dos meus três olhos. Talvez eu nem precisasse dele no fim das contas.

* * *

– Acordei nesse mundo, atordoado. Estava de frente a um espelho, gordo e de barba por fazer. Era um mundo diferente... – Octavio tropeçava nas palavras. – Mas, de alguma forma, familiar.

– Você estava em tratamento, Octavio... – interveio Francis. – O psiquiatra indicou um medicamento que parecia estar tendo bons efeitos. Isso tudo está no seu prontuário anterior... As coisas que você me fala de Hauser parecem as anotações do seu médico.

– Eu sei que parece loucura, doutor, mas andei pensando sobre isso... Parece que, quando assumi minha contraparte nessa dimensão, minha vida se encaixou nessa outra... Eu já vi isso--

– Na Scarnio, número 14. "Universos em bolhas". Esse é um dos meus contos prediletos...

– Mas é real!

– Ok... Você fez sua escolha, Octavio. Por que você veio para cá, se gostava tanto do seu mundo anterior, uma vida de aventuras e de desafios sem igual?

– Porque eu precisava de algo mais… – Octavio procurava a palavra certa.

– Real? Diferente da vida dos personagens dos livros que eu e você aprendemos a gostar? Por que você não aceita a cura do Dr. Hauser? Por que não encara os desafios desse novo mundo e se permite viver essa nova aventura?

Por um instante Octavio apenas pensou, e apenas o silêncio se ouviu na sala. A terapia terminara. Francis encontraria o paciente mais algumas vezes, mas as aventuras contadas mudariam de universo. Octavio havia aprendido a reencontrar a emoção nas pequenas coisas do seu novo mundo. Mesmo assim, vez por outra, relembrava suas aventuras como um homem da lei em Omini.

Antes de apagá-los de seu computador, Francis releu todos os textos relacionados a Octavio. Havia iniciado um novo romance, algo sobre vampiros no Brasil colonial. Porém as histórias do seu paciente nunca saíram de sua cabeça. Vez ou outra, se pegava pensando que ele realmente podia ser alguém de outro mundo.

Um dia na vida

Vamos lá, devagar. Tudo estava escuro há alguns segundos, mas já consigo ver algumas pessoas mais à frente. Estou tentando relatar as coisas à medida que elas vão acontecendo, mas espero que os gentis pesquisadores entendam que é tudo muito novo para mim. Não lembro bem a hora que começou, talvez quando ACORDAR eu possa fornecer informações sobre isso que serão mais esclarecedoras para nossa pesquisa. Bem, estou aqui agora e isso é o que importa. Registrarei tudo que acontecer daqui por diante. TUDO. Há pouco lembrei qual era o meu símbolo: a maçã verde. E várias já surgiram. Agora mesmo acabei de receber uma maçã da mão de uma senhora ruiva. Tenho certeza de que isso tudo NÃO é real, então. Um momento... Desculpem. Pensei ter visto uma pessoa conhecida no meio da multidão à frente. É tudo muito novo e diferente. É difícil não se confundir.

Nem preciso chegar muito próximo deles para saber o que se passa. É o REAL motivo de eu estar aqui. Além da pesquisa, claro. A pesquisa em primeiro lugar. Mas os senhores sabem como fiquei empolgado quando começamos esse projeto há seis anos e tive a oportunidade de ser sorteado para experimentá-lo primeiro. Entre todas as coisas que podia escolher, sem dúvida, essa foi a primeira que me veio à cabeça. Afinal, quem não gostaria de ter VISTO um show dos Beatles? Aproveitei todos esses anos para estudar sobre o grupo. Queria dar embasamento ao meu subconsciente. Queria que a experiência fosse COMPLETA. Estou em Hamburgo agora. Nunca fui à Alemanha na minha vida, mas vi algumas placas por aqui. Sim, estou em Hamburgo. Os Beatles tocaram nesta cidade em um dos seus melhores momentos. Perfeito. Tudo saindo como o planejado.

Algumas fãs histéricas estão berrando na porta do bar, o Star Club. Estava ensolarado agora há pouco, mas quando tirei meu casaco começou a nevar. Do meu lado está Buddy, um amigo de infância. Ele está usando uma camisa dos Rolling Stones.

– Percebe como vai ser engraçado?! Todo mundo sabe que os Beatles odeiam os Stones! – disse Matt, meu irmão mais velho, que há um minuto era Buddy.

É esquisito ver as pessoas mudando subitamente, os lugares também. Agora mesmo, por dentro, o clube parece um estádio.

– Deve ter umas cinquenta mil pessoas por aqui – disse uma moça do meu lado, parecida com... Eu não consigo lembrar com quem ela se parece.

O bilheteiro está me barrando agora. Ele levanta suas sobrancelhas grossas, sério. Depois de me analisar dos pés à cabeça, autoriza minha passagem.

– O que vocês veem nesses caras?

Dei um sorriso sem jeito e segui, mas não sem antes perceber o nome familiar no crachá: Carl Harrison. Carl, que agora se vestia de um jeito meio hipponga, pareceu envergonhado e desviou o olhar. Nesse momento, junto comigo, está meu pai, que me puxa de volta para a entrada. Faço força, mas não consigo sair do lugar. Isso vai se transformar num PESADELO se eu não me concentrar.

– Açúcar, ameixa e biscoito! Pense rápido nisso! Açúcar, ameixa e biscoito! – disse um rapaz de dentes tortos e muitos anéis nos dedos. – É a única forma de continuar por aqui! Eu sempre faço isso!

Magicamente meu pai sumiu. O rapaz já ia sair quando perguntei:

– Que banda é essa no palco?

– Uns iniciantes, meio selvagens pro meu gosto. Quarrymen ou Silver alguma coisa... Eles tocam pior do que uma tartaruga venusiana cega. Pena que não existe esse tipo de tartaruga para compararmos com maior precisão. O que você faz por aqui, *fellow*?

– Os Beatles. Sempre quis vê-los.

– Tem certeza?

– Claro, eles são uma grande banda e...

– Não, garoto. Tem certeza de que está aqui por isso?

Antes que eu pudesse responder, o homem com os anéis já havia sumido.

Estou vendo o palco mais de perto agora. A banda de abertura está descendo. O show principal deve começar em breve.

– Que horas são, por favor? – pergunta uma voz feminina.

Estou tentando me virar para vê-la, mas não consigo. É como se minhas pernas estivessem concretadas no chão. Dou alguns passos e finalmente consigo sair, mas a dona da voz já não está mais atrás de mim.

Bem à frente várias garotas circundam um sorridente senhor que toca um imenso piano de cauda. Ele está descalço e usa calças boca-de-sino.

– Ei, guri, vem cá – ele me chama – Escolha qualquer uma delas, a garota que quiser.

– Desculpa, senhor, eu não vim aqui para isso...

– Claro. Você procura outra garota, certo?

– Eu estou aqui pelo show...

– Isso tudo é por causa da "Fábrica"? A máquina que pode fazer sonhos?

– Claro, claro... Eu não sabia que o senhor tinha conhecimento de que estou usando uma máquina que pode induzir sonhos lúcidos... Eu preciso entender melhor o mecanismo de sonhar e...

– Tudo besteira! Você acha mesmo que está sonhando por causa disso? Acha que está sentado agora numa cadeira de teste com um monte de eletrodos na cabeça? Guri, o que te garante que você não subiu num ônibus, acendeu um cigarro e pegou no sono?

– Eu... acho que consigo lembrar da pesquisa e...

– Isso é um sonho, rapaz. Não ache que pode controlar isso. Assistir a quatro macacos em cima do palco? Você não veio aqui só por isso. Se veio, é um imbecil completo.

O senhor está se afastando de mim agora, levando todas as garotas. De repente o local ficou vazio. Estou girando em torno de mim mesmo, procurando por alguém. Só silêncio. Estou me sentindo só. Terrivelmente só. Estou com a sensação de que posso acordar a qualquer momento. Senhores, se isso não fosse comprometer nossa pesquisa, sairia daqui AGORA MESMO. Vamos lá. Só mais um pouco. Giro em torno de mim, me concentrando, procurando algo. Uma porta. É isso, preciso de uma porta. Sim, já estou vendo a porta.

Ao me aproximar daquela saída, percebo algo escrito a caneta, um minúsculo "YES". Acabei de virar a maçaneta. Dentro do quarto, deparo-me com um casal nu numa grande cama. Eu conheço essa moça. Não, eu conheço mais ainda o rapaz. Sou eu mesmo. Não, não POSSO ser eu. O casal agora são duas outras pessoas, aparentando estar bastante relaxadas.

– ♫ Você diz "adeus" e eu digo "alô" ♫ – disse o rapaz cabeludo, quase cantando.

– Nós sempre soubemos que ele viria – completou a mulher de óculos de aros grossos, olhando para o rapaz.

– A gente se conhece? – retruquei.

O homem e a mulher se entreolharam em silêncio por alguns segundos, até soltarem uma grande gargalhada. Eles tinham olhares baixos, olhares CHAPADOS.

– Isso tudo saiu do meu controle. Não faz sentido. Eu me sinto lúcido e mesmo assim cada passo é uma surpresa... Não era esse o objetivo... Eu devia controlar as coisas...

Estou confuso. Estou realmente sonhando? Isso é uma experiência controlada?

– ♫ Viver é fácil com os olhos fechados... ♫ – cantarolou o rapaz.

– Por que você não se dá essa segunda chance? – a moça continuou –, não aproveita para repensar seu caminho?

– ♫ Se o homem buscasse conhecer a si mesmo primeiramente, metade dos problemas do mundo estaria resolvida ♫...

– Você precisa disso mais do que qualquer coisa. É o ponto de chegada de sua jornada. – A moça completava as frases do rapaz, como se fosse sua porta-voz.

– Eu não sei do que vocês estão falando...

– ELA esteve perto várias vezes. Por que você teima em evitá-la? Até onde pretende levar essa história? Por quanto tempo você ainda pensa em ignorá-la?

– O que... O que eu devo fazer?

– ♫ Realize o seu próprio sonho. Você mesmo vai ter de fazer isso. Eu não posso acordar você. Você é quem pode se acordar ♫ – decretou o rapaz antes de desaparecer.

...

...

...

Me desculpem, senhores, parar assim bruscamente. Tenho que acordar e dar um telefonema.

Prometeu inconfidente

"*Quereis, minhas senhoras, que vos conte uma história para disfarçar o enfado destas longas e frigidíssimas noites de maio? Mas, por melhor que seja a minha vontade, não sei como possa satisfazer ao vosso pedido... digo mal, – cumprir as vossas ordens. Este frio enregela-me as asas da imaginação; este vento glacial, que uiva pelos telhados, como uma matilha de cães danados, estes guinchos de corujas, que parecem lamentos de precitos, fazem a inspiração recolher-se toda encolhida aos mais íntimos esconderijos do crânio, tiritando de frio e de medo. A falar-vos verdade, minhas senhoras, tenho o espírito tão seco e estéril, como a caveira de um defunto enterrado há cem anos. Ah! falei-vos em caveira!... E não é que esta ideia de caveira veio despertar-me a reminiscência entorpecida pelo frio?! Foi como a vara mágica de Moisés, que fez rebentar água em jorros da aridez do rochedo do deserto. E, pois, vou contar-vos a história de uma caveira memorável. Não se arrepiem, minhas senhoras; não é história de almas do outro mundo, de trasgos, nem de duendes. É uma simples tradição nacional, ainda bem recente, e da nossa própria terra. Essa história eu a poderia intitular: História de uma Cabeça Histórica.*"

"A cabeça do Tiradentes" (1867), Bernardo Guimarães.

I

Certamente a maioria das pessoas odeia ir ao dentista. Eliseu até que gostava: era uma das poucas situações em que o menino não precisava falar com quem estivesse por perto. Com aquele monte de ferramentas na boca, a sagrada obrigação de ser uma criatura social pertencia ao doutor.

– Com anestesia ou sem anestesia, Eliseu?

– Qual é o que dói menos? – perguntou o garoto com dificuldade, cuspindo na bata do médico.

– Possivelmente as duas doem do mesmo jeito...

Eliseu arregalou os olhos e, antes que pudesse responder, o dentista puxou rapidamente o alicate. Sangue espirrou para todos os lados, especialmente sobre o rosto do menino, que nem teve tempo de sentir dor. Delicadamente aquele doutor limpou o rosto de Eliseu, seu sorriso acalmando a perda do dente.

– Não é interessante, garoto, o funcionamento do corpo? Todo o fluido que corre nas nossas veias... O delicado fluxo do indivíduo... – disse ele.

Com a mão na boca, recuperando-se do trauma, Eliseu não conseguiu responder. O doutor riu e mudou de assunto, talvez pensando que o garoto pudesse não ter compreendido.

– É o meu último dia aqui, e você me dá sangue de presente, Eliseu. Vou demorar horas limpando este consultório.

– Você vai embora, doutor Joaquim? – Eliseu já se recuperava.

– Já chega deste lugar. Em tempos como estes, a carreira militar é o melhor para um rapaz pobretão como eu. Seguirei patrulhando pelo Caminho Novo.

– Ser soldado deve ser emocionante... – disse o garoto, levantando-se da cadeira.

– Tire essa ideia da cabeça, menino. Você é rico. Já deve ter uma cadeira na Universidade de Coimbra com seu nome. Você vai ser alguém na vida, não vai ser esquecido assim que morrer. Parece que, quando falam de mim, só dessa terrível alcunha que me botaram é que se lembram...

– Tiradentes! – Um rapaz chamou em voz alta. – Já é hora!

Silvério, um jovem comunicativo e bem mais novo que Tiradentes, invadiu o ambiente de um jeito expansivo, mexendo no material do dentista. Eliseu se incomodou com a liberdade do novo visitante, mas imaginou que ele poderia ser bem próximo do doutor.

– Nossa tropa parte logo.

– Nunca vi alguém mais ansioso pela própria morte, Silvério... Porque enfim é isso que procuramos na vida militar, certo? – indagou Tiradentes, voltando-se para Eliseu.

– E o salário, Tiradentes... Esqueceu o polpudo salário que nossa maravilhosa Maria Louca nos proverá? – o jovem Silvério sorria com seus dentes sujos e malcuidados.

Tiradentes se voltou para Eliseu e tocou carinhosamente o seu queixo.

– Terminamos, menino. Quem sabe não nos encontramos por aí, da próxima vez o doutor sendo você? Digo, um doutor de verdade, de diploma e tudo mais. Enfim, faça algo bom de sua vida, criança.

II

A Universidade de Coimbra era um ambiente peculiar, onde circulavam figuras exóticas e cabeças que pensavam à frente do seu tempo. Ou pelo menos assim elas achavam. Filho do Barão de Congonhas do Campo, Eliseu ganhara a oportunidade de viajar a Portugal, onde receberia educação formal superior. O jovem havia optado pelas Ciências Naturais.

– É um ramo interessante, Eliseu. Mas o que precisam na colônia é de engenheiros. Precisamos abrir estradas e canalizar os rios do Brasil selvagem! – Um jovem empolgado, de cabelos ensebados e roupas bem passadas, declarou levantando-se da mesa, onde vários universitários congregavam.

– Eu certamente compreendo a sua exaltação, Luís Antônio. Mas desde criança me interessou entender a natureza e o funcionamento dos seres humanos. As Ciências é que me escolheram.

– Nunca deixe que sua paixão mande em você, Eliseu – de forma mais reservada, outro rapaz se manifestou. Francisco tinha o costume de posicionar-se com esse tipo de frase misteriosa. – Conheço homens que perderam a razão aventurando-se em campos como a Filosofia ou a Lógica, desesperados pela verdade.

– A mim basta entender melhor o corpo humano, ir além da Medicina. – Eliseu apontou o próprio peito. – Existem mais coisas nos guiando do que se pode imaginar.

– Para alguns, só um instrumento pode guiar o homem: o dinheiro. Nesse grupo se encaixa a realeza brasileira! – Luís Antônio esbravejava novamente, abrindo os braços em seu discurso – Nada mais minha família consegue tirar do ouro. Os impostos são vergonhosos. O tal do "quinto" é um ultraje! Agora peço que reflitam comigo e vejam o que aconteceu na França... Não cairia bem uma revolução no Brasil?!

– Só se o objetivo for a forca, Luís Antônio – disse Francisco.

Eliseu se levantou e fez sinal de despedida aos amigos. Não tinha grandes interesses em revoltas ou política. Havia marcado para aquela tarde um encontro com um dos mestres na biblioteca. Durante a semana, o professor português João de Assis havia falado de um notável estudante suíço com ideias que, essas sim, poderiam revolucionar alguma coisa. No caso, o campo das Ciências.

A biblioteca da Universidade de Coimbra era uma das maiores da Europa. Dezenas de fileiras de estantes criavam um labirinto, ao qual Eliseu ainda não se habituara. Depois de alguns minutos circulando entre os escritos, o jovem encontrou seu orientador, que estava junto de outros magistrados. Na roda, várias cabeças brancas pareciam estar seduzidas por um jovem de cabelos longos e negros, que discursava com uma publicação de Paracelso na mão.

– Eliseu! Aguardávamos sua chegada ouvindo as incríveis proposições de nosso convidado. Permita-lhe apresentá-lo...

– Meus cumprimentos, Eliseu. – O sotaque forte do jovem denunciava sua ascendência germânica. Mesmo assim, o domínio da distante língua portuguesa era impressionante. – Ouvi falar muito de você.

– O prazer é meu, senhor...

– Victor. Meu sobrenome me faz parecer velho, como os senhores aqui querem que eu pense que sou.

– É difícil acreditar em sua pouca idade, Victor. É necessária uma vida inteira para pensar na mesma intensidade que você. – O professor João parecia não se importar em bajular o convidado. – Acredito que Eliseu adoraria ouvir um pouco dessas ideias enquanto tomamos um chá no refeitório da universidade.

Durante uma tarde inteira, Eliseu e o seu professor ouviram Victor. Seu fascínio pelas leis da vida contagiava os ouvintes. Discursava sobre questões relacionadas ao conceito da abiogênese, a irreversibilidade da morte e ainda polêmicas relacionadas à Alquimia, esta última perdendo espaço dia a dia para outras ciências do mundo moderno. Ao mesmo tempo que falava, notava-se certo descontentamento em seu semblante. Victor parecia fazer de seus estudos uma guerra particular.

– Acho que certas leis da vida talvez não possam ser revertidas... – Eliseu pensou em voz alta.

– Ora, nobre colega, cada descoberta que o homem fez nos últimos anos partiu de um de uma impossibilidade. Sei que muitas das minhas ideias tiram o sono de religiosos – disse Victor com um pouco de irritação. – Consigo imaginar como Galileu se sentiu quando expôs que o Sol estava no meio do universo, não a Terra. Imaginem o quanto os preconceitos e as superstições atrasaram suas descobertas.

– Quando pensar no Sol, Victor, não se lembre de Galileu: lembre-se de Dédalo e Ícaro. Ou ainda de Prometeu – o professor João deu um curto sorriso ao final dessa afirmação. A ironia foi captada imediatamente pelo convidado.

– Acho que devo voltar à Suíça. Minha viagem a Portugal, ao que parece, não deve trazer grandes frutos. *Auf Wiedersehen*, senhores.

Victor se levantou, fez um cumprimento da forma mais educada que pôde e não aguardou a resposta dos seus ouvintes. Aquela discussão ainda ecoaria na cabeça de Eliseu por alguns dias.

III

Depois da longa viagem de navio de volta ao Brasil, Eliseu foi recebido pelos pais de forma efusiva. Junto deles, Elisabete, antes uma amiga de infância barulhenta e típica menininha rica, agora uma bela dama de família e que insistiam dizer ser a melhor pretendente para o jovem recém-chegado.

– Meus cumprimentos, meus pais. Senhorita Elisabete... – Eliseu fez uma pequena reverência.

– Vejam se não é o novo médico da família! – o pai de Eliseu o abraçou desengonçadamente.

– Estudei Ciências Naturais, meu pai... Acredito que "cientista" seja mais adequado.

– Não complique, meu filho... Estávamos ansiosos por sua volta. A jovem Elisabete não parava de falar em você durante esses anos – finalizou a mãe de Eliseu, transformando a situação na mais desconfortável possível.

Na carruagem que levava a família inteira ao lar, o pai de Eliseu o inteirava das novidades na colônia. No caminho, não era difícil perceber certo clima tenso nas ruas de Vila Rica.

– Depois dos franceses, deu nos jovens brasileiros de separar nossa capitania do restante do Brasil... Não que eu esteja satisfeito com a Coroa. Continuam taxando o ouro até que pouco sobre a quem o extrai. Mas, mais do que a gravata, a forca parece ser o adereço de pescoço na moda no momento. Certos pensamentos não podem fazer as pessoas perderem a cabeça. Se é que você me entende, filho...

– Não se falava em outra coisa na universidade, pai.

– Enfim, vários foram presos. Alguns devem ser soltos. Têm suas costas largas, pertencem a cultos que vão além dos poderes da realeza... No entanto haverá aqueles que serão exemplos, que não devem escapar da punição. Inclusive, entre os presos, há alguém que talvez você conheça... Fazia bicos cuidando dos dentes da nobreza da cidade...

– Doutor Joaquim! – Eliseu não conseguiu esconder a surpresa.

– Por aqui era conhecido pelo apelido de "Tiradentes"... Andou se envolvendo em confusões no Rio de Janeiro. Está preso junto com outros da sua laia.

Eliseu ficou sentido por não poder fazer algo a respeito. Imaginar que o doutor lutava pelos direitos da população o levava a nutrir algum respeito por ele. Ou talvez nem tivesse percebido que havia sido contaminado com essas ideias em Coimbra.

Já em sua casa, Eliseu continuou os estudos. Andava um pouco perturbado nos últimos meses, já que havia chegado a uma encruzilhada científica. Incomodava-o a ideia de não ir além das conclusões dos autores que estudava. Às vezes pensava não ter o estímulo certo, a inspiração adequada. Certo dia, tentava colocar os pensamentos em ordem quando ouviu a porta bater.

– A senhorita Elisabete o aguarda na sala de jantar! – Os tímpanos de Eliseu foram machucados pela voz empolgada de sua mãe.

Foi encontrar-se com a jovem senhorita na sala de casa. Por mais atraente que fosse, Elisabete, com certeza não era das companhias mais interessantes para alguém acostumado com as rodas calorosas de debates científicos. Assuntos cotidianos como a vida social da burguesia ou o último romance importado de Lisboa não eram interessantes o suficiente para afastar os pensamentos de Eliseu de seu trabalho, um tratado que questionava as bases da biogênese. A sineta na porta de entrada da casa salvou o jovem de uma estafante descrição dos desenhos bordados no vestido mais novo da rainha. Um empregado entregou um grande pacote a Eliseu.

Ao ver o nome do remetente, o coração de Eliseu acelerou. Pediu licença a Elisabete, já se desculpando, afirmando ter de ir se ausentar para tratar de "assuntos naturais". A garota sorriu e disse que voltaria em outra hora.

Eliseu bateu com força a porta de seu quarto. Verificou mais uma vez o nome do remetente no envelope. Dentro dele, um calhamaço de papel com uma série de estudos e o que parecia ser um diário. Um sucinto bilhete completava o pacote: "Prezado colega, por vários momentos ensaiei jogar esse material na lareira. No entanto o conhecimento é um presente sem valor, se você não pode compartilhá-lo com alguém. Ao tempo que sigo na minha jornada moral final, procurando expiar meus pecados, deixo que analise todas as minhas descobertas. Sinto hoje que talvez você estivesse certo no nosso encontro e rogo-lhe que tome as providências adequadas com este estudo. Peço perdão pela rudeza em minha despedida e espero que essa correspondência forneça o final adequado à nossa relação. Atenciosamente, Victor".

IV

O decreto de condenação de Tiradentes à forca era o assunto da cidade. Eliseu recebeu a notícia com tristeza. Mas não pensou sobre isso durante muito tempo. No último ano a evolução de seu estudo foi notável. Nada seria possível sem as anotações de Victor, a quem o jovem cientista tinha enviado diversas correspondências sem obter nenhum retorno. De qualquer forma, aquele parecia um caminho sem volta. Logo contestaria a teoria da biogênese. Eliseu sentiu que em breve criaria a vida em laboratório, por meios próprios.

Diariamente o jovem cientista visitava o necrotério da cidade, onde lhe eram permitidas autópsias em escravos e indigentes. Passava horas debruçado sobre os corpos recém mortos, exercitando o *solve et coagula*. Demorou a acreditar que Victor havia encontrado suas respostas em textos alquímicos, que uma prática antiga e obscura derrotaria as Ciências Naturais. Não apenas isso: suas descobertas poderiam oferecer uma derrota à própria morte.

No exato momento em que separava a cabeça de um velho negro morto, Eliseu ouviu barulhinhos abafados, como saltos finos, acertando o chão de madeira às suas costas.

– Eu... Eu... Poderia falar com você, Eliseu...? Lá fora, por favor! – Enojada com a cena com que se deparava, Elisabete cobriu nariz e boca com um lencinho de seda e nem esperou o jovem responder para sair da sala de autópsia.

Eliseu não parecia satisfeito pela interrupção de seu trabalho, mas as obrigações sociais, às quais ele ainda se sentia apegado, fizeram-no acompanhar à moça a calçada.

– Há uma semana espero algum comunicado seu, Eliseu! Você prometeu me levar ao teatro...

– Estou numa fase crucial da pesquisa, Elisabete. Sempre há bons espetáculos na Casa da Ópera. Sei que a senhorita pode aguardar mais algumas semanas...

– Creio não ser possível, caro senhor. Caso não apareça pela noite em minha residência, serei obrigada a aceitar o convite do nobre bancário da cidade.

– Pode ser que apareça, cara dama. Se conseguir executar meu experimento a tempo...

– Você foi avisado, Eliseu. – Elisabete deu as costas, fazendo seu vestido serpentear no chão de terra batida como o rabo de um camaleão.

O jovem cientista retornou ao seu experimento, sem se importar com a ameaça da moça. Estava prestes a encaixar a peça final do seu quebra-cabeça. No entanto, Eliseu esmoreceu ao ver que a cabeça do autopsiado era incompatível com o restante da tapeçaria que montou. Teria que esperar um novo corpo, nas condições ideais, chegar ao necrotério.

Ansioso, Eliseu retornou à sua residência. Não almoçou e nem jantou.

Foi direto ao seu quarto e folheou o diário de Victor, tentando conter sua agitação. O tom de horror que a narrativa do estudioso suíço tomava ao final dos escritos não impressionava mais o jovem cientista. Interessava-lhe muito mais emular o experimento do colega implantando algumas de suas próprias considerações. Mal tinha deitado na cama quando ouviu um estardalhaço na rua. Um verdadeiro carnaval tomava conta da cidade. À frente do batalhão real, traziam a cabeça de Tiradentes.

V

Aquela noite parecia mais escura do que as outras. Na Praça de Santa Quitéria, um sentinela da Coroa se esforçava para dormir. A imagem daquela cabeça numa estaca, que o soldado tinha a missão de vigiar, assombrava seu sono. Do outro lado da rua, esgueirando-se pelas esquinas de Vila Rica, o padre Manuel da Silva Gatto aproximava-se do sentinela adormecido com uma vara. O religioso acreditava que aquela cena macabra subvertia não só os valores morais da cidade, mas também os ideais de liberdade em que ele acreditava. A densa neblina o ajudaria a furtar a cabeça daquele que ele acreditava ser um honrado herói, um mártir de uma capitania livre. Ou, quem sabe, até de um país livre.

A densa neblina da madrugada prejudicava a visão do padre, que, de longe, espetava a vara em direção à estaca que prendia a cabeça de Tiradentes. Mesmo sem enxergar o alvo, Gatto tentou diversas vezes, até perceber, num momento em que a neblina afinou, que a cabeça não estava mais lá. Assustado, fugiu ao perceber que o sentinela despertava. O soldado real surpreendeu-se com a estaca vazia e tratou de preparar a melhor desculpa que tinha para justificar o roubo da cabeça.

Eliseu correu o mais rápido que conseguiu até o necrotério. Dentro de um saco de tecido, a cabeça de Tiradentes parecia conservada, provavelmente pela salmoura a que tinha sido submetida. Uma superstição para torná-la infértil, mas que veio muito a calhar.

O quebra-cabeça estava montado, todos os procedimentos pareciam estar em ordem. A cabeça foi conectada ao grande mosaico humano criado por Eliseu. Seguindo passo a passo as anotações de Victor, o jovem aguardou. Primeiro alguns minutos. Depois uma hora. Uma decepção começou a invadi-lo, pois nada acontecia.

– Não! Não pode ser! Levanta, criatura! – Eliseu se enfurecia enquanto batia no peito do ser que havia montado. Primeiro devagar, depois com raiva.

Num movimento brusco, a criatura se ergueu com um urro grave.

Assustado, o jovem cientista caiu ao pé da parede. Durante alguns segundos apenas observou o ser formado por diversos pedaços humanos sentado sobre sua mesa. Olhando em volta, a criatura percebeu Eliseu.

– Eli... Zeu... Garoto...

Um arrepio subiu pela espinha do jovem cientista. Aquilo poderia ser a maior descoberta científica da Humanidade, mas a macabra lembrança que aquele conjunto de pedaços humanos possuía o perturbava.

– Você... Ainda me conhece... É você, Tiradentes?

– Tiradentes está morto... Eu estava lá... Eu era ele... – o ser articulava de forma impressionante, acelerando os batimentos cardíacos de Eliseu.

Levantando-se da mesa, a criatura caminhou até o cientista e se ajoelhou perante seu criador, encarando-o face a face.

– Por quê? Por que você me trouxe de volta?

– Qualquer um gostaria de ter uma segunda chance... Pela cidade há quem o chame de herói! E ainda mais: você agora é a prova de que não é apenas Deus que pode criar a vida!

O ser arregalou os olhos. Perturbado, ele segurou Eliseu pelos ombros agressivamente.

– Você pensa que é Deus?! É por isso que me trouxe de volta? Acha que eu queria estar aqui? Eu não mereço mais viver, nem muito menos ser chamado de herói! Você não sabe o que eu passei... Nos três anos que fiquei preso fui torturado diariamente... Entreguei cada revolucionário de Vila Rica, da mesma forma que Silvério me entregou à Coroa. A revolução é uma grande ilusão... E eu fui só um maldito peão!

A criatura se levantou e circulou pela sala. Olhou para si mesmo várias vezes. Chorou. Agitado, começou a quebrar todas as coisas que encontrava.

Eliseu não sabia o que fazer. Estava diante de sua maior descoberta, do fim da encruzilhada. Mas encarava uma criatura incompleta, incapaz de perceber sua própria importância. Um ser danificado como qualquer ser humano normal. Eliseu se aproximava de um bisturi que estava à sua frente quando a criatura tornou a se dar conta de sua presença.

– Você não tinha o direito! Minha morte foi uma condenação por meus erros!

O ser gritava, descontrolado, e Eliseu começou a se preocupar com o alarde que ele fazia. Logo haveria guardas à sua porta.

– Acalme-se, doutor... Você precisa entender o que você se tornou... – Com a mão que segurava o bisturi escondida em suas costas, o cientista tentou se aproximar da criatura.

Por um momento, o ser se acalmou. Depois baixou a cabeça e começou a gargalhar insanamente.

– É irônico, garoto. Devo-lhe algo, não é? Ainda lembro o que você me deu na última vez que nos vimos: SANGUE!

O ser pulou sobre Eliseu e um confronto se deu sobre a mesa. Durante alguns minutos o cientista tentava, em vão, acertar o bisturi na criatura. Jogando-o com força sobre a parede, o amargurado ser desarmou o jovem. Eliseu mal pôde ver quando a criatura quebrou o recipiente de uma lamparina sobre si mesmo. O combustível começou a queimar o seu próprio corpo, enquanto o ser gargalhava de prazer.

– É o que acontece quando você chega perto demais de Deus, garoto...! – Em chamas, o ser pulou sobre Eliseu.

Tentando desvencilhar-se do monstro, Eliseu sentia seu corpo queimar. Ao mesmo tempo, toda a sala parecia incendiar-se com os resíduos do combustível. Criatura e criador pararam de respirar quase ao mesmo tempo.

VI

No dia seguinte, uma parte da população de Vila Rica comentava o incêndio no necrotério. Pouco sobrara da sala de autópsia. Ferramentas derretidas e anotações queimadas, entre elas um velho diário, empilhavam-se ao lado de dois corpos fundidos e irreconhecíveis no meio da sala. Tudo isso foi ignorado, já que naquele momento o assunto que incomodava a maior parte dos cidadãos da vila era o desaparecimento da cabeça de Tiradentes.

"Portanto condenam o réu Joaquim José da Silva Xavier, por alcunha o Tiradentes, alferes que foi do Regimento pago da Capitania de Minas, a que, com baraço e pregão seja conduzido pelas ruas públicas ao lugar da forca, e nela morra morte natural para sempre, e que depois de morto lhe seja cortada a cabeça e levada a Vila Rica, onde no lugar mais público dela, será pregada em um poste alto, até que o tempo a consuma, e o seu corpo será dividido em quatro quartos, e pregados em postes, pelo caminho de Minas, no sítio da Varginha e das Cebolas, onde o réu teve as suas infames práticas, e os mais nos sítios das maiores povoações, até que o tempo também os consuma, declaram o réu infame, e seus filhos e netos tendo-os, e os seus bens aplicam para o Fisco e Câmara Real, e a casa em que vivia em Vila Rica será arrasada e salgada, para que nunca mais no chão se edifique, e não sendo própria será avaliada e paga a seu dono pelos bens confiscados, e mesmo chão se levantará um padrão pelo qual se conserve em memória a infâmia deste abominável réu; [...]"

Sentença proferida contra Tiradentes em virtude do levante e conjuração de Minas Gerais (1792).

De pena algumas lágrimas verteram,
Mas resignados logo as enxugaram.

Diante deles estava inteiro o Mundo
Para, a seu gosto, habitação tomarem,
E tinham por seu guia a Providência.

Dando-se as mãos os pais da humana prole,
Vagarosos lá vão com passo errante
Afastando-se do Éden, solitários.

"Paraíso Perdido" (1667), John Milton.

Recomeço

Pela TV o país inteiro acompanhava a história de Herbert, jovem de origem humilde. Soterrado por pelo menos dez metros de entulho, o sobrevivente havia passado dois dias sob os restos de um prédio de quinze andares. O resgate durou pelo menos seis horas. Herbert conversou o tempo todo com os bombeiros, em transmissão televisionada ao vivo, e dizia estar confiante em Deus de que sobreviveria. No programa da manhã, a apresentadora loira recebia diversas doações para Herbert. Ele já havia ganhado uma casa, centenas de roupas, bolsa de estudos numa faculdade e um ano de fraldas descartáveis para quando pensasse em ter um filho. Seis horas de resgate. Foi mais tempo do que durou o "contato". Era assim que estavam chamando nos noticiários.

* * *

Dois dias antes, o jovem jornalista Bruno chegara a seu apartamento, esvaziando todos os bolsos ao entrar. Estava se sentindo pesado, denso. Roy não o recepcionou, o que fez Bruno pensar que seu velho poodle já não era mais o mesmo. Gritou pelo menos duas vezes pelo nome do cão antes de entrar no seu quarto. Antes de encontrar aquele cenário.

Enquanto isso, do lado de fora do prédio, cidadãos enfrentavam o trânsito caótico da hora do rush. Não havia nada para o pacato empreiteiro Jonathan olhar pela janela do carro, até que um estranho objeto, do tamanho de um trator, aterrissou em cima do seu capô, provocando uma grande explosão que engoliria pelo menos um quilômetro de carros engarrafados. O pânico se instalou em poucos segundos. Há quem ainda tenha visto os caças da Força Aérea perseguindo outros objetos voadores não identificados no céu antes da explosão.

Já Bruno ainda estava atônito. Seu cão Roy estava com a cabeça enterrada na almofada, cena até cotidiana, não fosse seu pescoço violentamente torcido e o restante do seu corpo virado para o lado contrário. Parecendo surpreso, um homem desconhecido terminava de esganar o cachorro. Ele jogou o cadáver de lado e avançou sobre Bruno, que não entendia o que estava acontecendo. Não lhe veio à cabeça a reportagem sobre o maníaco do centro. Havia passado batido pela notícia sobre o homem que invadia os apartamentos roubando as chaves-mestras dos porteiros. Dez vítimas fatais e pelo menos vinte desaparecidos.

Naquele mesmo momento, o chef desempregado Tobias corria no parque da cidade quando presenciou aquela perseguição. Três soldados, fortemente armados, corriam atrás de um gafanhoto gigante. Olhou bem e percebeu que não era exatamente um gafanhoto gigante, mas certamente pareceria com um, caso tais animais existissem. Os dois soldados interceptaram rapidamente o ser estranho. Tobias pôde observar de longe quando um dos militares atirou na cabeça do extraterrestre. Os soldados já tinham levado o corpo do alien quando Tobias pegou um pedaço de uma escama caída do ser e a guardou no seu bolso. O chef pensou que podia valer alguma coisa num leilão na internet.

Bruno se digladiava com o maníaco na cozinha de seu apartamento. O assassino parecia forte, mas Bruno estava motivado. Cego por sua vingança canina, desejava que o maníaco não saísse vivo dali. Por um descuido, uma faca de pão sobre a mesa foi a primeira arma enfiada pelo jovem no invasor. Depois viriam dois garfos, um perfurador de gelo e uma haste de batedeira. Como o programa policial já havia informado, o maníaco não carregava armas. Fato do qual ele se arrependera profundamente quando começou a apanhar de Bruno.

Nas ruas, Santiago talvez tenha sido o primeiro a ver a nave-alienígena-mãe aproximar-se da capital. Era difícil medi-la apenas com o olhar. Santiago, que era formado em Engenharia Civil, embora não atuasse na área, chutou algo em torno de 900 metros. A nave já estava rodeada de aviões de guerra quando começou a descer. Primeiro devagar, como de forma planejada. Depois rapidamente, claramente ao gosto da gravidade. Pequenas explosões em seu casco fizeram Santiago pensar que ela havia sido abatida. Uma manobra evasiva colocou a grande nave em queda inclinada. O destino? O centro da cidade.

O maníaco do centro se arrastava pela casa de Bruno, sangrando. Pensou por um instante nas quarenta e seis pessoas que matara.

Pescoço torcido e violação sexual, esse era seu padrão. Talvez fosse uma crise de consciência, talvez fosse por causa da haste de batedeira enfiada no ouvido esquerdo, o fato é que o maníaco tinha decidido que aquilo acabaria ali. Iniciaria uma nova vida. Poderia arrumar um emprego num açougue. Aparentemente, Bruno discordava daquilo. A faca de pão, o perfurador de gelo e a haste da batedeira podiam não ter passado a mensagem correta, mas a faca de churrasco poderia abrir a cabeça do assassino.

A prefeita Rosaline, que havia abandonado a cidade ao primeiro sinal da invasão, preparava seu longo discurso sobre reconstrução, destacando o imensurável esforço e rapidez dos homens das armas e da Ciência na derrocada alienígena. Pelo monitor do abrigo nuclear, ela viu a imensa nave varrendo o centro da cidade. Pelo caminho tombavam prédios históricos, museus e grandes centros comerciais. A nave perdia velocidade pelo atrito com as ruas e atingiria seu último prédio em alguns minutos. Um tremor tomava conta das redondezas devido ao imenso peso do objeto voador.

O tremor desequilibrou Bruno e o maníaco. A faca de churrasco caiu e o assassino voou sobre ela, mas ao se virar notou que o jovem adversário havia optado por uma nova arma: uma TV de 29 polegadas, que ele não conseguiu identificar se era de LED ou LCD. Conformado, o maníaco fechou os olhos e aguardou pelo castigo divino, que poderia vir através daquela morte certa, uma abdução desse mundo falho e irregular. Antes daquilo ele sempre pensava que poderia ser por seres alienígenas. Do lado de fora, a grande nave destruída se dirigia para o prédio onde o assassino estava. Foram apenas quinze segundos até que o edifício caísse por completo. Antes de apagar, o maníaco ainda pôde ver uma imensa viga esmagar a cabeça de Bruno.

Silêncio. Gritaria. Muita gritaria. Algum choro. O maníaco do centro abriu os olhos e viu aquele homem. Era um bombeiro que dizia que ele estava ali havia pelo menos dois dias. Dizia que ele tinha sorte e que era um novo homem. Falava ainda que pessoas torciam por ele pela televisão.

Herbert pensou que isso poderia ser um bom recomeço.

O trágico destino do colecionador de riquezas

Para Armando, a única coisa que restava era navegar solitário o mais longe que pudesse no oceano. Se fosse preciso, viajaria até a cachoeira final na virada do horizonte.

Nas noites frias que enfrentava, dispunha somente de suas roupas sujas, que agora mais pareciam crostas de pele endurecida amalgamadas à própria epiderme. O fedor de seu corpo se misturava ao cheiro podre dos peixes sobre a embarcação, restos de sua invariável dieta marítima. Estava exausto e desgostoso de sua própria existência e havia muito perdera completamente a noção do tempo. Adormecia e acordava sem saber quanto havia passado – se teria sido acometido por um sono profundo de vários dias ou somente cochilado por alguns minutos. Pesadelos muito reais, como nunca tivera antes, misturavam-se a suas memórias. Sabia que estava prestes a cruzar uma fronteira, a que separava a sanidade da loucura.

Naquela noite, mais uma vez o mar parou de se agitar, transformando-se num imenso espelho para a Lua. Era o sinal da aproximação da sua única companhia – se é que assim poderia chamá-la. Levantou-se sobre sua embarcação, portando duas grandes enguias mortas nas mãos e uma ideia fixa na cabeça. Já estava cansado daquele jogo de gato e rato, afinal. E finalmente a criatura chegou.

Com pelos menos trinta pés de altura, o monstro ergueu seu imenso corpo sobre a superfície do mar, movendo as águas paradas daquele horário e deslocando a embarcação. Com seu corpo escamado, a criatura assemelhava-se na sua metade superior a um ser humano: tinha boca, mesmo ela sendo cravejada de pontiagudos dentes; tinha olhos, mesmo que lembrassem os olhos de um felino; tinha duas aberturas na lateral da cabeça, que podia se imaginar serem seus ouvidos; tinha dois braços, embora eles lembrassem mais pernas de búfalo. Já de sua parte inferior não havia ser com a qual se pudesse comparar: uma imensa cauda dava ao monstro uma aparência serpentinesca.

Tropeçando sobre o convés, o solitário marinheiro tomou impulso e jogou os peixes que carregava o mais próximo possível da criatura. Ainda nervoso, moveu a vela, tentando deslocar o navio para a direção contrária. As iscas cumpriram seu papel como alimento, como sempre, mas o monstro não pareceu saciado, e se voltou para Armando após engolir as enguias em uma bocada só. Entretanto, quando a criatura se virou, recebeu no pescoço uma lança que a fez disparar um grave grito de dor, seguido de sons que – pela primeira vez depois de tantos encontros – pareceram compreensíveis a Armando.

– Já chega, estranho!

– Tu falas, monstro?! – indagou o assustado navegador.

– Claro que falo! – Com uma das mãos a criatura arrancou a lança de sua garganta. Girou a cabeça estalando os ossos do pescoço e cuspiu sobre um dos dedos, que usou em seguida para massagear o ferimento aberto pelo marinheiro. – Se ao menos tentasses dialogar comigo, evitaríamos essa cansativa disputa que performamos há dias.

– E o que queres?

– O que achas, estranho? O que uma criatura como eu procuraria nesse monte de madeiras velhas boiando no mar? – A criatura se aproximou ameaçadoramente do navegador.

– Eu não sei... Talvez tirar teu alimento das minhas entranhas.

– Olha ao teu redor. – A criatura apontou seu afiado focinho para o infindável horizonte sobre as águas. O oceano permanecia calmo, quase como se congelado dentro de uma pintura. – Acreditas mesmo que não existam seres mais apetitosos que tu no fundo do mar?

– Então por que em todos esses dias vieste ao meu encalço? – Um fôlego de coragem tomou conta de Armando, que levantou a voz e deu dois passos à frente.

– Tu é que vieste a mim, estranho! – respondeu a criatura com rudeza, retomando o controle da situação. – Invadiste meu território e comeste os meus peixes. Diz tu a mim por que farias tal coisa.

– Navego para escapar das pessoas traiçoeiras. A terra firme não é mais segura. – Armando, discretamente, arrastava-se para a borda da nau, fugindo da baforada quente do monstro.

– E preferes viver uma vida solitária no mar a estar ao lado dos teus?

– Não tenho mais aqueles que posso considerar meus.

– Ora, homem! Não existe pelo menos um ser em quem possa

confiar? – A criatura acomodou-se sobre sua própria cauda. Parecia interessada na história daquele homem solitário.

– A ganância é a única coisa que faz se moverem os seres. – Armando baixou a cabeça e pareceu olhar dentro dos próprios pensamentos. – Fujo de uma corja de traidores. Seres ambiciosos que desejavam minha fortuna. Que se acomodem bem no inferno, todos eles! – disse Armando, olhando para o céu. – Há alguns meses meu pai morreu e, sendo seu único herdeiro, legou-me uma fortuna em terras e embarcações. Ele era um dos grandes mercantes da Península Ibérica. Eu, à época um homem tomado pelo vício do jogo e do álcool, renegado e tratado como bastardo pelo meu genitor, do dia para a noite tornei-me rico.

Armando suspirou e parou por alguns segundos, antes de continuar.

– A notícia rapidamente caiu nos ouvidos de toda a cidade. Aqueles que eu chamava de amigos, homens com os quais eu dividia minha bebida e minhas cartas de baralho, passaram a cobrar antigos favores, a perseguir-me. Entre eles, Luiz, aquele que considerava quase um irmão. Teve a audácia de se oferecer para uma sociedade comigo e ensinar-me a controlar minhas finanças. Só porque sua família ganhou alguns trocados vendendo tecidos, achou-se um homem de negócios mais apto que eu. Desconfiei de suas exacerbadas boas vontades. Marquei uma reunião e esperei que ele falasse em dinheiro. Puxei então o punhal e tentei fazê-lo confessar suas intenções. – Armando interpretava a cena na frente do monstro, lembrando-se de Luiz, ajoelhado, implorando por sua vida – Mas ele fingia acreditar na sua própria história de que queria me ajudar... – o navegador silenciou sua narrativa por alguns segundos. – Cavei seu túmulo com minhas próprias mãos, para não gastar minhas moedas com o enterro de tão deplorável ser.

– Compreendo... – Do canto da boca do monstro pareceu surgir um sorriso. – Mas todo homem de terra firme tem uma companheira, correto?

– Sim. Eu tive uma companheira... Mas seria mais correto dizer que era a líder de toda a corja de sanguessugas que me cercava!

Armando fechou os punhos com força e suas unhas grandes machucaram o interior de suas mãos.

– Durante anos cortejei Joana. Não era a mais graciosa das moças, nem nada mais do que se esperaria da filha do taverneiro que servia minhas bebidas, mas me parecia simples e desinteressada em bens materiais. Será que eu poderia, antes de nos casarmos, imaginar que minha súbita riqueza subiria tanto à sua cabeça? Joana chorou sobre o meu pai como se fosse o seu próprio, veja só. Mas suas lágrimas de crocodilo não me comoveram. Comecei a confirmar minhas desconfianças quando ela me falou em garantir o futuro, planejar investimentos e, veja só, ter filhos! Esses últimos são as piores ferramentas femininas para justificar sua crescente absorção do patrimônio de um homem até que não lhe reste mais nada, a não ser títulos em nome de crianças mal-agradecidas, esperando o melhor momento para enterrá-los num asilo! – esbravejou sem respirar. – Aguardei até o melhor momento para livrar-me da influência de Joana. Era uma noite de outono quando marcamos uma conversa à beira-mar. Senti que ela estava deveras nervosa, mais esquisita do que o normal, gaguejando a cada palavra. Imaginei que ela também guardava uma surpresa para mim naquele dia, talvez o ato final de seu plano para tomar minhas posses. Tive de ouvir todas as suas insanidades e mentiras sobre o futuro. Aguentei longos minutos antes de dar cabo dela. Descontei ali tudo que havia sido tirado de mim. Como última tentativa de safar-se, ainda pude ouvir seu murmúrio final. Ela dizia-se grávida.

– Hum... Percebo que soubeste proteger tuas riquezas, estranho.

– Só nelas posso confiar!

– Mas de que servirão agora, já que estás no meio do mar? – A criatura circundou a embarcação, acompanhada pelos olhos de Armando. – Eu já tive uma companheira. Já tive um grupo com o qual nadava em direção ao Sol todas as manhãs. Aos poucos, todos da minha espécie foram desaparecendo, ao mesmo tempo em que os da tua ambiciosa espécie desbravavam o mar... Hoje vivo só, e cada dia é um tormento. Por um instante acreditei encontrar em ti aquele que poderia ser minha nova companhia... – De forma ameaçadora, o monstro ficou acima de Armando. O navegador tateava, em vão, o convés em busca de algum pedaço de algo que pudesse utilizar como arma.

– Eu poderia ser tua companhia!

– Diz-me, estranho – o monstro cheirava o pescoço de Armando, exibindo duas fileiras de dentes afiados quando dava uma fungada –, o que fizeste com tuas riquezas antes de seguir o caminho do mar?

– O que mais faria que não fosse trazê-las junto comigo?

– Pareces-me cego, homem. Ofuscado pelo brilho do teu ouro. Estiveste protegendo a ti mesmo ou a tuas riquezas quando abandonaste a terra firme? E quanto a nós dois... – a criatura deu a volta no navio rapidamente, aproximando-se de Armando pelo lado oposto da embarcação. – Não paraste um instante para questionar minhas intenções. Quando me agrediste, pensaste em salvar-te ou em salvar as tuas riquezas? Diz-me, estranho, era desta forma que resolvias tuas coisas em terra firme? Se for, compreendo por que tu preferes fugir delas. Como disseste, a ganância é, sim, movedora dos seres. Pois saiba que ela te moveu até aqui. Até o teu destino final.

O monstro pulou sobre Armando e, abrindo sua bocarra ao limite, abocanhou o dorso do navegador. Em seguida jogou-se ao mar, levando consigo sua presa.

Os dois corpos afundavam rápido. Enquanto se agitava inutilmente, Armando observava sua embarcação distanciar-se, parada na superfície. Podia aproveitar aqueles momentos para pensar sobre sua vida, sobre aqueles que ele preferira afastar como medida de proteção – e, principalmente, se esse fim não seria a terrível moral de sua própria história. Ao invés disso, não conseguiu evitar imaginar o que aconteceria com seu navio depois que ele estivesse morto. Seria achado por bárbaros advindos de terras nórdicas? Navegaria sem rumo até o litoral, onde alguma tribo o encontraria, sem ter a mínima noção do real valor das peças douradas em seu interior? Sua visão começava a turvar-se quando conseguiu identificar, no fundo do mar, organizadas simetricamente, pelo menos uma dezena de outras embarcações. Pareciam até uma parte de uma coleção de tesouros perdidos. Espalhados em volta dessas embarcações, grandes ossadas com terminações serpentinescas.

O último piscar de olhos de Armando pôde identificar a mesma marca em todos os esqueletos monstruosos. Uma marca com a envergadura da boca da criatura que o pegara e que agora o carregava ao fundo do mar.

PRR: Resultado de um inquérito

Daniel Villa-Lobos mal conseguia piscar os olhos enquanto cruzava aqueles quilômetros de floresta no coração da megalópole cinza. Era de se impressionar que alguém conseguisse manter aquele santuário num ambiente prioritariamente urbano, repleto de arranha-céus. Um ponto minúsculo, *uma ervilha no canto da mesa*, pensou Daniel, do que antes era o pacote de ervilhas chamado de floresta amazônica. Era nada menos do que o jardim de imensas árvores e flores tropicais que recepcionava os visitantes da PRR Indústrias, um dos maiores empreendimentos do país. Daniel não sabia bem como classificar o cheiro daquele lugar, já que não tinha costume de senti-lo. Mas sabia que se tratava de cheiro de mato, um odor praticamente extinto naqueles dias. Enquanto avançava pela estrada, o repórter pensou que Ari teria achado daquele lugar. Ari era meio enigmático para essas coisas, um cara que tinha um jeito estranho e que raramente sorria, deixando em dúvida se a piada tinha sido ruim ou se ele não tinha entendido.

De súbito, o brilho dos vidros que recobriam o prédio da PRR, um colosso de pelo menos cem andares enraizado na mata fechada, interrompeu o verde natural. Daniel entrou no edifício e encontrou um saguão vazio, que parecia abrir a sua boca num elevador no final do corredor silencioso. Enquanto se aproximava do elevador, Daniel viu surgir dele um irritado senhor de menos de um metro de altura.

– Não sei como, mas ele sempre me passa a perna! – praguejava o pequeno ser enquanto cruzava o saguão andando de forma esquisita.

Daniel foi levado pelo elevador até a cobertura do edifício, um grande salão rústico. À sua frente uma moça bonita cantarolava baixo uma canção, enquanto digitava freneticamente em seu notebook.

– Tenho uma reunião com o Seu Isac Lobato – disse para a secretária, que demorou um pouco até perceber a presença do rapaz e parar de cantar.

– Claro, Seu Daniel! – respondeu com uma voz aveludada, que quase acariciava o cérebro do rapaz.

– Mande entrar, Iara – foi o que Daniel conseguiu ouvir saindo pelo alto-falante do telefone na frente da secretária.

O contato com a moça o fez lembrar-se de Ari, que tinha um jeito estranho de encarar os outros, nunca olhando nos olhos de alguém por mais de dez segundos.

Daniel atravessou uma grande porta para entrar na sala do empresário Isac Lobato. Era um escritório majestoso esculpido em madeira. Um vitral, com pelo menos cinco metros de altura e vista para a floresta particular, se erguia ao fundo completando o cenário. Um homem de cabelos grisalhos acompanhava sua entrada com os olhos.

– A que devo o prazer de recebê-lo aqui, Sr. Villa-Lobos? – perguntou Isac Lobato em um tom ríspido, temperado com uma pitada de ironia.

– Acho que o senhor sabe muito bem o que vim fazer aqui, Seu Isac.

– Por que não refresca a minha memória, Daniel... Acho que depois de tantas visitas já posso chamá-lo de Daniel, certo?

O jovem se aproximou de Isac e lançou uma pasta sobre a mesa. As reportagens saíram dela como cartas de baralho, umas sobre as outras, criando um mosaico que tinha como personagem central um homem de no máximo trinta anos, barba rala e olhar de quem não gostava de fotos. Ari odiava mesmo se deixar fotografar.

– Uma pessoa desapareceu dentro desse território há um mês. As circunstâncias não parecem claras para--

– Esse caso não foi arquivado? Já falei tudo que a PRR Indústrias sabia no inquérito da polícia. – Enquanto falava, Isac olhava Daniel nos olhos.

– Essa é uma visita informal. Ari era uma boa pessoa. A empresa deve à comunidade alguma explicação.

– Parece-me que os senhores eram bem próximos.

Daniel silenciou por um tempo.

– Ao que parece, o senhor Ari invadiu uma propriedade privada – continuou Isac. – Nossa propriedade.

– Isso não dá o direito de matá-lo.

– Isso é uma acusação, meu jovem?

Daniel ficou em silêncio. Isac Lobato deu uma volta pela sala, caminhando com alguma dificuldade.

– Olhe à sua volta, Daniel. Há quanto tempo você não via tanto verde? Pela sua idade, provavelmente nunca viu. Talvez nos *ebooks* de história... Não, não balance a cabeça como se eu estivesse mudando de assunto... Eu vou colocar de outra forma. Há 157 anos minha família comprou essa propriedade, a última área desconstruída da maior floresta tropical do mundo. Depois de vários discursos de preservação, da esperança de uma sociedade mais consciente e mais sustentável, o capital deu seu golpe final. Era questão de tempo, Daniel, até alguém se lembrar de cortar as árvores. De o último ambientalista abandonar a causa.

– Por favor, vamos falar sobre--

– Isso tem tudo a ver com o que estamos conversando!

Isac foi ríspido como nunca tinha sido antes em suas conversas com Daniel. Quantas vezes Daniel já tinha ido ali? Dez? Cinquenta? Pela manhã, o seu chefe no portal de notícias ameaçou demiti-lo se ele fosse ali mais uma vez. Mas cada ida àquele lugar era um jeito de não deixar que esquecessem Ari. Mais ainda: era um jeito de Daniel se lembrar de Ari.

– Chega de perder tempo, Seu Lobato. Eu venho colhendo relatos de pessoas que moram próximas a esse lugar. Tenho ouvido todo tipo de absurdo... Seres sem cabeça, homens com corpo de animal... Afinal, que tipo de experimento grotesco você está conduzindo aqui?

– Ora – Isac não conseguiu segurar uma pequena risada –, é isso que você pensa? Experiências genéticas? Isso é tão século passado, Daniel. Sabe, meu jovem, quando eu era criança meu avô contava histórias melhores do que essas que vocês veem em quatro dimensões no cinema. Lendas indígenas, histórias sobre seres da floresta e lições sobre a natureza e a vida.

Isac caminhou novamente até uma mesa e acionou uma tela touch. Uma gaveta se abriu. Em seguida enfiou a mão dentro do paletó e tirou de lá um tecido vermelho em formato de cone. Jogou-o na gaveta, a qual se fechou provocando um ruído que sugeria um isolamento a vácuo. Estranhamente, Daniel sentiu uma pontada na cabeça, como se a ausência daquele objeto no ambiente exercesse algum tipo de efeito sobre seus pensamentos.

– Iara, necessitamos de seus serviços – disse o empresário, apertando o pequeno intercomunicador bluetooth preso ao seu ouvido. – Se serve de consolo, tenho de lhe dizer que em parte você está certo. Escondo algo, mas nem de longe sua imaginação foi capaz de conceber o quê. Fico triste que tenha juntado tantas informações, pois elas põem em risco todo o nosso negócio. E, entenda, meu caro Daniel, meus sócios não investiram apenas num laboratório macabro ou mesmo num punhado de árvores. – Enquanto falava, Isac aproximava-se novamente do grande vitral. Fez um gesto com as mãos, como se convidasse Daniel a compartilhar de sua visão. – Vamos, meu jovem. Diga o que vê.

Por um instante Daniel hesitou, mas Isac estava mais falante naquele dia. Poderia sonhar com uma confissão? Deu três passos à frente, ficando próximo ao vitral. Antes de observar a janela, lembrou-se de como Ari ficava desajeitado ao perceber Daniel olhando para ele.

– Apenas um monte de árvores que--

Daniel interrompeu subitamente sua fala quando começou a sentir um cheiro forte de mato. Pelo vitral, a paisagem verde era a mesma, mas estranhos borrões se movimentavam entre as folhagens. Surpreso, pôde enxergar três garotos de cabelos em chamas brincando entre as árvores. Em um buraco na terra, uma cobra gigante incandescente se escondia. Seres meio-homem-meio-onça corriam pela mata. Daniel ficou confuso.

– Há muito em jogo aqui. Essas criaturas dependem da floresta para existir. Muitas delas tentaram, mas não sobreviveram nem um minuto no meio dos arranha-céus. Nosso negócio é protegê-las. Custe o que custar.

Isac encaixou dois protetores auriculares nos ouvidos. Impressionado com a visão, Daniel demorou a notar quando alguém entrou na sala, sussurrando uma canção. Era a bela secretária, mas não parecia a mesma moça de antes: estava nua e seu corpo parecia liquefeito. A pele de Iara era apenas uma fina película que mantinha junta a mais cristalina água em forma de mulher. A secretária atravessou a sala e se posicionou entre Daniel e o vitral. Por que ela o atraía se ele nunca havia gostado de meninas?

Isac se aproximou da sala e pegou novamente o tecido cônico vermelho na gaveta. Para Daniel, todo o lugar ganhou vida, as paredes respirando e transpirando, o chão vivo como uma serpente. Ele fechou os olhos e mãos o carregaram. Pelas pálpebras dos olhos ele sentia que estava na luz, no escuro, na luz novamente, repetidamente.

Uma campainha tocou.

Quando se deu conta, Daniel estava na frente da porta de casa. Ele a abriu e encontrou o carteiro, um homem de pele negra e cabelos grisalhos.

– Entrega para Daniel Villa-Lobos. – O carteiro entregou uma caixinha com um delicado laço vermelho.

– Eu não lembro de estar esperando nada... O que pode ser...

– É o único jeito – disse o carteiro, que saiu mancando, enquanto Daniel tentava lembrar quando o uniforme dos Correios tinha mudado de cor para vermelho.

Daniel colocou a caixa sobre a mesa e quando a abriu viu que ela estava vazia. Na mesma hora, Ari aproximou-se por trás de Daniel sem fazer barulho, fazendo-o se assustar. Daniel lembrou que era Ari que costumava reagir ao toque sem aviso das pessoas, como se recebesse uma descarga elétrica.

– Por que eu não consigo lembrar que dia é hoje? – Daniel se sentia confuso, mas estava calmo e confortável.

– Do que você consegue lembrar? – respondeu Ari, enquanto o levava em direção ao quarto.

– Só de você.

– E não é o suficiente?

Daniel sorriu. O cheiro de mato ainda estava forte em suas narinas, mas ele preferiu ignorar.

Quinze minutos

1

A rajada saiu sem rumo certo. Phillip segurou de um lado, segurou do outro, mas não conseguiu evitar sujar sua calça. Foram inacreditáveis quinze minutos de puro descontrole. Instintivamente apertou a cabeça, como se aquilo fosse interromper a saída do líquido. Inútil. Certas coisas não têm volta.

Percebendo o desastre, Phillip tampou sua caneta tinteiro. Naquele dia, mais do que nos outros, deu-se conta de que essa história de ser um detetive, como os dos filmes em preto e branco, era ainda mais romântica do que ele imaginava. Ligou o notebook e começou a digitar um e-mail de cobrança. Estava duro. Havia perdido um mês em seu último serviço perseguindo um marido que, nas palavras da sua cliente, não conseguia segurar sua vontade de desafiar as curvas da vizinha. Sabia o quanto era difícil pular a cerca, ou pelo menos ter vontade de fazê-lo, nos dias de hoje. Era necessário interromper o uso do anafrodisíaco. Tinha que se expor à doença, que, mais do que a traição em si, era a verdadeira grande preocupação de sua contratante. Enfim, no final aquele foi mais um caso sem traição. E sem pagamento também.

A porta rangeu e, quando aquela pessoa entrou no seu escritório, antes de ver o potencial cliente por completo, o cérebro de Phillip emitiu uma mensagem automática: "nada de serviço fiado". Esse pensamento não ficou em sua cabeça por mais de dois segundos após aquela mulher estar completamente dentro da sala. Mesmo com aquela quantidade de roupa preta sobre seu corpo, era impossível esconder sua silhueta de quadris e bustos acima do padrão. Engoliu seco e obrigou-se a olhar nos olhos da moça, mas não sem antes encontrar seus grossos lábios que se mexiam em câmera lenta, numa voz rouca e desapressada.

– Phillip Mort?

– Ao seu dispor. – Já estava em pé e levemente curvado para a frente, quase como atraído magneticamente pela mulher. Ficou envergonhado ao perceber. Lembrou que não tinha tomado seu anafrodisíaco ainda, pois sua caixa havia acabado. Há mais de um mês sem receber, estava sem dinheiro para comprar a medicação. Já poderia estar perdendo sua lucidez? Sem o remédio era difícil controlar os hormônios. Mesmo naquele momento, com sua cliente trajando um uniforme de freira, com quase nada do seu corpo descoberto.

– O senhor é um detetive, certo? Preciso que investigue algo para mim.

– O que uma moça como... a senhora... gostaria de investigar? Alguém roubando o dízimo da paróquia?

– Eu procuro por um assassino.

Phillip deu dois passos para trás. Aquela palavra era incomum no seu escritório.

– Opa, opa. Eu investigo maridos fujões e, no máximo, roubos de cofrinhos de crianças... Com um defunto em jogo, a senhora deveria começar na delegacia, na parte de homicídios.

– Eles dizem ser suicídio. Mas tenho motivos para acreditar que eles estão errados. – ela parou para respirar e se organizar por um minuto – Meu nome é Freia, a propósito.

– Freira Freia?

– Irmã Freia. O senhor estaria disponível? Pago o quanto for preciso.

Como quando um cachorro escuta que vai passear, a última frase da freira aguçou as orelhas do detetive. Phillip levantou sua agenda na altura dos olhos e a folheou, um monte de páginas em branco desfilando sob seu olhar.

– Acho que tenho um tempo sobrando nessa semana.

2

A igreja onde o Padre Robinson oficiava suas missas estava lotada. Não havia celebração naquele dia, apenas muitas pessoas ajoelhadas e rezando consigo mesmas. Pela lateral da nave principal, Phillip seguiu em direção às dependências do padre, nos fundos do altar. No caminho, uma senhora de cabelos grisalhos curtos e cobertos por um véu negro o interpelou.

– Posso ajudá-lo, senhor…?

– Phillip. Só Phillip. A senhora trabalha aqui?

– Sou Arlene, uma das voluntárias que zelam por essa igreja.

– Prazer em conhecê-la, dona. Deve ter sido uma barra para vocês a morte do padre.

– O Padre Robinson era uma luz que guiava essa comunidade. Sim, sentimos muito. Acabou sendo chamado pelo Senhor para um lugar onde continuará nos ajudando e ficará livre das tentações que ainda restaram nesse mundo.

– Por falar nisso, onde encontro a Irmã Freia? – perguntou o detetive, com um sorriso irônico.

A mulher ficou calada por um instante, sem esconder que estava incomodada.

– Cuidado, detetive. O Senhor vigia até mesmo nossos pensamentos. Talvez seja por isso que perdemos o padre desta paróquia. – Arlene fez um muxoxo e se afastou.

O padre Brad Robinson devia ter sessenta anos quando morreu. Fisicamente, parecia bem naquela foto no móvel de cabeceira: ombros largos, queixo quadrado, peitoral forte. Já no quarto do religioso, Phillip largou o porta-retratos e olhou para sua cama, sobre a qual havia roupas limpas e bem passadas. Uma grossa corrente com um crucifixo pesado estava sobre suas vestes. Os cadeados grandes na porta e uma câmera de segurança no teto indicavam que ele tinha alguma preocupação com a segurança daquele ambiente.

– Foi aqui onde ele foi encontrado morto. – Freia entrou nas acomodações bem quando Phillip vasculhava à sua volta. Voltando-se para a freira, os olhos de Phillip pousaram no seu pescoço, descoberto quando ela se curvava para mostrar a cama. Aquele minúsculo pedaço de pele trazia uma lisura incomum. Não percebeu quando sua própria boca se abriu por alguns centímetros.

– O senhor anda tomando seus remédios, Sr. Mort? – a voz de Freia acordou o detetive do transe.

Ele ainda não tinha comprado a sua dose do anafrodisíaco. Já se passavam três dias sem que ele se medicasse e ele já poderia ser considerado um fora da lei pela nova legislação. Bastavam quarenta e oito horas sem tomar a pílula para que o sujeito fosse preso por ameaça pública.

– Por que a pergunta, irmã? – indagou Phillip, temeroso.

– A pílula pode ser a resposta para esse crime. Brad... O Padre Robinson fazia parte da equipe que descobriu a síndrome. Além de servir à Igreja, ele era um infectologista conhecido.

– Então temos uma celebridade aqui.

– Ele não recebeu nada pelo seu trabalho. Pelo contrário. Depois da descoberta, ele foi afastado da equipe de pesquisa e passou a achar que estava sendo perseguido. Sempre imaginava que alguém nos observava. – Não precisava ser um detetive para que Phillip percebesse algo estranho na forma como Freia, uma freira, falava de sua relação com Brad, um padre. A irmã pareceu perceber e achou conveniente voltar ao cerne da questão – Ele tinha certas desconfianças das últimas pesquisas divulgadas sobre a Síndrome de Fenichel... Ele foi reprimido até mesmo pela Igreja por isso.

– Que tipo de desconfianças?

– Você me dá licença, detetive? – Deixando a pergunta de Phillip no ar, Freia saiu por alguns instantes do quarto do Padre Robinson.

Enquanto esperava que ela voltasse ao cômodo, Phillip aproximou-se do crucifixo sobre as roupas do clérigo. Pegou a cruz pendurada na corrente e pensou se um homem que se dizia temente a Deus poderia ter se metido em alguma roubada. Ao fazer alguma pressão sobre o artefato, Phillip percebeu que a parte de baixo da cruz se desencaixou. Era um pendrive. Guiado pelo instinto, ele guardou rapidamente a corrente inteira, incluindo o crucifixo, no seu blazer. Freia retornou ao quarto logo depois.

– Peço perdão pelo sumiço, Sr. Mort. Precisava ter certeza de que realmente estávamos sozinhos.

Freia se sentou lentamente na cama, sem dar por falta da corrente do padre. Phillip não pôde deixar de notar quando ela levantou seu vestido até os joelhos, buscando mais conforto para sentar-se. Sua rótula era perfeitamente redonda e sem marcas. Na certa, a irmã não gostava de se ajoelhar. A batata da sua perna era surpreendentemente carnuda e livre de pelos. Seus pés eram pequenos e bem cuidados e estavam encaixados numa sandália sem salto, mas extremamente ousada, amarrada por tiras que acabavam já quase no meio da canela.

– Acredito que o senhor lembra o estardalhaço que foi a descoberta da síndrome. Como as pessoas ficaram quando descobriram que não podiam mais fazer sexo.

– Não é o tipo de coisas que se esquecem com facilidade. Nem parece que se passaram dez anos desde que eu não dou umazinha... – Phillip lembrou com quem estava falando e ficou constrangido, mas ficou ainda mais ao perceber um pequeno sorriso em Freia. – Perdão, irmã, às vezes eu esqueço que estou falando com uma freira....

Freia pareceu não se importar e continuou. Phillip se lembrou de como a notícia de que as relações sexuais eram as principais formas de contágio de uma epidemia letal tinha gerado uma série de reações.

Pareceu lógico para a Organização Mundial de Saúde desaconselhar o sexo temporariamente. Mas os médicos e farmacêuticos continuavam falhando em descobrir uma cura. O pânico se instaurou e as pessoas começaram a procurar formas de não precisar fazer sexo. Técnicas de inseminação artificial foram aprimoradas para que não houvesse necessidade de relações físicas para a reprodução humana. A tecnologia inventou os artefatos que conseguiu para estimular o prazer solitário. Mas não era suficiente.

– Durante toda a crise epidêmica surgiu o anafrodisíaco, o medicamento que reprimia os desejos sexuais. Como parte da equipe que fez a primeira versão da pílula, o Padre Robinson se espantou com a ligeira aprovação para testes em humanos e mais ainda quando ele se tornou um medicamento obrigatório na maior parte do mundo. As coisas estavam indo rápido demais. O padre decidiu, então, continuar suas pesquisas por conta própria e eu estive ajudando. E descobrimos que a epidemia pode ser uma fraude.

– Como assim uma fraude?

– Realmente houve um surto, provavelmente uma variação da AIDS ou de outra doença sexualmente transmissível, mas que contaminava e matava numa velocidade maior. Mas é possível que ela tenha acontecido apenas num grupo isolado. Nós temos motivos para crer que a maioria dos seres humanos já tenha criado uma resistência, mas continua acreditando que ainda pode adoecer.

– Mas quem se interessaria em inibir o sexo no mundo?

– É por isso que você está aqui, detetive. A resposta pode estar no assassinato do Padre Robinson. Ele parecia ter provas para questionar a veracidade da síndrome. Ele chegou a me dizer que estava se preparando para fazer uma denúncia. Mas só quem tinha acesso às informações era o Padre Robinson, que as levou com ele e...

– Só um minuto, irmã. Antes que você continue, eu preciso dizer que nunca fui fã de teorias conspiratórias... – Phillip balançava a cabeça, incrédulo. – Essa coisa envolve o mundo inteiro. Acho que outros estudiosos pesquisaram sobre essa doença além do Padre Robinson. E já faz uma década. Dez anos! Você acha que as pessoas não sentiriam falta de sexo a ponto de se questionarem sobre a verdade disso ou a ponto de simplesmente fazerem sexo e descobrirem que não adoeciam?

– Depois de algumas doses do medicamento, somos zumbificados. O tratamento é brutal. Além disso, depois de dois milhões de mortos em seis meses, me parece que a maioria das pessoas preferiu não arriscar. Abdicaram de uma das coisas mais preciosas da vida humana para permanecer vivas. – Freia dava sinais de nervosismo, sua voz embargando, suas mãos gesticulando exageradamente. – Esse senso de sobrevivência fez com que todos tomassem este maldito remédio sem questionamentos, Phillip! – Sem esconder um certo desespero em seu discurso, Freia chamara o detetive pelo seu primeiro nome, fato que não lhe passou despercebido.

Phillip pensou um pouco. Não estava há tanto tempo assim sem receber para entrar num caso que podia ser um mero devaneio de uma freira. Mas os lindos olhos de Freia, que só agora ele tinha percebido, não permitiram uma resposta negativa.

– Tenho alguns contatos na delegacia. Vou ver o que foi encontrado na cena do crime. Volto a ligar, irmã.

3

Phillip preferiu não voltar mais ao seu escritório naquele dia. Estava sentindo algumas tonturas e tinha parado para vomitar numa lanchonete a caminho de casa.

Deixou os sapatos na porta, ligou a tevê e passou direto para a cozinha, caçando algo para comer. Só encontrou uma maçã na geladeira. Enquanto mastigava o fruto proibido, sentou-se no sofá e procurou algum canal de televisão. Estranhamente parou num canal de televendas onde algumas belas modelos exibiam peças íntimas. Phillip ficou hipnotizado pela propaganda. Procurava ver algo mais pelas transparências das peças. Quando se deu conta, sua mão estava se movendo entre suas pernas, por cima da calça. Lembrando que até mesmo a masturbação poderia provocar o contágio da síndrome, afinal dizia-se que o vírus era muito resistente fora do corpo humano e podia estar nas mãos, Phillip tentou afastar esses pensamentos e desligou a tevê.

Começou a pensar em toda essa história, de que talvez não houvesse mais doença e que as pessoas poderiam transar sem preocupação, como faziam antes. Phillip então se lembrou de quando perdeu sua virgindade, com uma vizinha numa casa de praia. Ele tinha quatorze anos e até aquele momento pensava que as mulheres engravidavam através do beijo na boca. Melanie mal tinha completado dezoito e sabia tudo sobre como eram feitos os bebês. E ensinou bem, dentro do guarda-roupa do seu quarto, durante uma brincadeira de esconde-esconde. A menina tampou a boca dele para evitar barulho com uma mão e segurou seu pênis com a outra. Melanie tinha seios pequenos, talvez por isso não deixou que ele tirasse sua blusa. Mas a vergonha ficou apenas aí, como provava o belíssimo sexo oral que ela proporcionou, algo de que ele sempre lembrava quando estava transando e precisava de uma imagem para ejacular mais rápido.

Voltando para o presente, Phillip se assustou novamente com o comportamento involuntário das mãos sobre sua virilha. Lembrou que ainda não havia comprado o anafrodisíaco. Precisava de água fria. Bem gelada, de preferência. Começou a despir-se e topou com o "crucifixo-pendrive" do Padre Robinson em seu bolso. Talvez trabalhar o fizesse tirar os pensamentos perigosos da cabeça.

Encaixou o pendrive no notebook e começou a explorar suas várias pastas. Havia muitas planilhas e comparativos de exames de sangue. Muitas evidências comprovavam o que Freia havia lhe dito, mas, como não era exatamente um especialista na área, seria difícil dizer se não eram números montados ou alterados pela obsessão do sacerdote em provar seu ponto. Continuou vasculhando até encontrar uma pasta de vídeos separados por data. Ao clicar no primeiro, viu que as gravações mostravam uma espécie de circuito interno. Eram da câmera instalada no quarto do padre. Na imagem, o sacerdote estava sentado na cama, aparentando alguma dificuldade para respirar. Freia entrou a seguir, com uma toalha molhada, limpando o suor da testa do religioso. Chamou sua atenção o fato de que Freia, ao contrário de Robinson, não estava vestida com as roupas do serviço. A gravação parou aí. O vídeo seguinte parecia ter sido gravado numa webcam e mostrava o padre dando uma espécie de depoimento.

– Tive algumas tonturas quando parei o medicamento, provavelmente uma resposta do meu corpo à interrupção dos anos de tratamento. Faz duas semanas que parei com o anafrodisíaco e, apesar de ter saído na rua e tido "contato" com outros seres humanos e com alguns grupos de risco, os exames continuam negativos. Pensamentos estranhos têm tomado conta da minha cabeça. Vou continuar o experimento. Peço a Deus perdão por romper com meus votos. – O Padre Robinson parecia tenso, mas tinha um aspecto melhor do que no vídeo anterior.

Quando Phillip abriu o terceiro vídeo deparou-se novamente com imagens da câmera no teto do quarto do sacerdote. O detetive achou inusitado encontrar o Padre Robinson, nervoso, deitado na cama com os braços cruzados e apenas de cueca. Foi quando Freia entrou novamente no cômodo. Dessa vez ela vestia uma camisola transparente, que permitia a Phillip ver, ainda que com alguma dificuldade, os bicos dos seus seios e o volume negro dos pelos em sua virilha. A moça se posicionou por cima do Padre Robinson de forma provocante. Freia tirou lentamente a roupa de baixo de Robinson, revelando que seu pênis já estava "preparado" para o momento. Robinson apenas olhava enquanto a moça trabalhava, sugando seu órgão genital lentamente. Mostrando algum profissionalismo, a moça movimentou o pênis de Robinson com uma mão. Com a outra mão se desfez rapidamente de sua camisola para, em seguida, acariciar também a si mesma. O homem entrou em estado de êxtase. Nesse momento, Freia virou de costas para o padre e encaixou lentamente seu corpo no dele. Num movimento habilidoso de quadril, a moça começou a se mexer em cima do homem. Primeiro lentamente, depois num ritmo animalesco. Phillip acompanhava do outro lado do monitor, seu coração acelerado, sua libido descontrolada, até quando não pôde mais segurar o jato que disparou em cima de seu notebook, sem perceber que o fizera ao mesmo tempo em que Freia gozava sobre o Padre Robinson.

4

– As ocorrências só aumentam dia a dia, detetive. – O policial Cardoso tinha olheiras grandes no rosto, um tufo de cabelos brancos no meio dos despenteados cabelos negros e um tremelique nas mãos que perturbava Phillip. – Faz dois dias que não vou pra casa.

A delegacia parecia o inferno na Terra, mas Phillip parecia não se incomodar. Estava relaxado como nunca. Tinha feito exame de sangue duas vezes nos últimos três dias e não tinha contraído a síndrome. Levando em consideração que tinha se masturbado pelo menos três vezes em cada um desses dias enquanto via as gravações do Padre Robinson, já podia se dizer que acreditava na Irmã Freia. Estava ali porque tinha decidido levar adiante sua investigação.

– Eu não sei por que você investigaria um lugar onde aconteceu um suicídio, mas aqui nessa sacola tem tudo que foi encontrado dentro do quarto. Vou te dar cinco minutos, depois tenho que devolver essas coisas para a sala de evidências sem que ninguém saiba que saiu de lá. É a última vez que faço isso, detetive. Acho que depois desta estamos quites. – Cardoso entregou uma sacola opaca para Phillip e saiu da sala.

O policial devia alguns favores ao detetive, que tinha dito a sua esposa em outros tempos que ele não estava gastando todas as economias da família no jogo do bicho. Em alguns casos, Phillip lembrava, era melhor consultar primeiro o investigado, antes de terminar um serviço. Alguns favores valiam bem mais do que dinheiro, como era o caso também do encanador vitalício, que o detetive livrou de ser descoberto pela namorada que desconfiava que ele tinha outra família.

A sacola com as evidências da morte do padre não tinha muitas coisas: um isqueiro, envelopes vazios endereçados a dioceses do mundo todo, dois anéis, um pedaço de papel com algumas frases escritas e uma caixa fechada do anafrodisíaco. O pedaço de papel trazia, em letra feia e bagunçada, um trecho da Bíblia: "Seja bendito o teu manancial; e regozija-te na mulher da tua mocidade; como corça amorosa e graciosa cabra montesa, saciem-te os seus seios em todo o tempo; e pelo seu amor sê encantado perpetuamente". Ao final, as letras A e R, juntas, do que parecia ser uma palavra não terminada. Phillip analisou com paciência cada um dos outros itens. Já se preparava para guardar todo o material quando se deu conta de que um nome estava grifado na caixa do anafrodisíaco. Podia ser um rabisco qualquer, mas era o que ele tinha. Fotografou com a câmera do celular todos os ângulos daquela caixa e do pedaço de papel com a citação bíblica. Logo depois, guardou as evidências.

Em seu escritório, Phillip observava as fotos que havia tirado. A citação bíblica e a palavra incompleta não lhe diziam nada e uma busca na Internet não trazia nenhum resultado relevante. Já o trecho marcado pelo padre Robinson na caixa do remédio era mais óbvio, já que era o nome do farmacêutico responsável pelo anafrodisíaco: Robert de Assis Ferguson. Usando o celular, fez uma pesquisa pela internet e descobriu que Robert era da mesma equipe que descobriu a síndrome junto com o padre. Preparava-se para tentar contato com o farmacêutico quando Freia entrou pela porta. Phillip ficou nervoso, pois não conseguia enxergá-la da mesma forma que antes.

– Bom dia, detetive. Fiquei imaginando se você ainda me ajudaria, já que há alguns dias que não nos falamos. – Freia se sentou numa cadeira, inclinando-se para Phillip.

– Eu... Eu... Sim, estou investigando. – Phillip parou por alguns segundos e voltou a falar. – Eu tive acesso às evidências do crime. Há um nome na caixa do anafrodisíaco do padre Robinson que preciso averiguar. Na certa o padre vinha tentando entender algo sobre a existência do medicamento quando resolveu interromper o uso dele...

– Como o senhor sabe que ele interrompeu o uso do anafrodisíaco? – Freia pareceu ter pegado no ar aquela informação. Phillip tinha esquecido que Freia não havia comentado esse detalhe, uma informação que ele conseguiu nos vídeos instrutivos do pendrive.

– Ora, tinha uma caixa nova entre as evidências encontradas na cena do crime. Ele não tinha tomado nenhum comprimido. Imaginei que não estivesse usando a medicação, já que ele mesmo não acreditava que podia ficar doente.

– É bom saber que o senhor acredita em mim agora.

– Ainda estou tomando pé desse caso. O simples fato de uma pessoa não se infectar não significa que a doença não exista. Podem existir pessoas resistentes à síndrome.

– Por que o senhor custa tanto a acreditar nisso, detetive? – Freia disparou um curto sorriso. – Ainda pensa assim mesmo depois de ver os vídeos?

– Eu não sei do que... – difícil dizer se Phillip estava branco ou vermelho naquela hora.

– Eu procurei em todos os lugares por esses vídeos. Eles são uma prova importante. Mas você os encontrou primeiro, não é?

Phillip ficou surpreso.

– Como eu disse, ainda não sabemos se todos são imunes... – o detetive tentou agir com naturalidade.

– Você acha que eu realmente sou uma freira, detetive? Depois dos vídeos você ainda acredita nisso? Por algum momento pensou em me investigar? – Freia se levantou e tirou os tecidos de sua bata que cobriam a cabeça. – O Padre Robinson... Brad disse que eu deveria me vestir assim para despistar seus perseguidores. Mas ele não me encontrou num convento. Eu trabalhava na rua. No mercado negro.

– Drogas?

– Não. Sexo.

Mesmo com o pânico causado com o anúncio das primeiras mortes pela síndrome, Phillip nunca acreditou que as pessoas realmente fossem parar de fazer sexo. Mas o anafrodisíaco mudou essa perspectiva. Enquanto se medicava, o detetive sentiu pouco a pouco o fim do seu desejo. O resto do mundo contribuía, já que não havia mais títulos pornográficos nas videolocadoras ou revistas de sacanagem em bancas de jornal. Ora, nem mesmo os filmes exibidos nos cinemas mostravam casais se beijando. Depois que interrompeu o anafrodisíaco foi que ele começou a perceber o quanto isso tinha mudado as pessoas. Todos pareciam mais mal-humorados e estressados perto dele. Enquanto para todas as outras pessoas o mundo estava em preto e branco, aos poucos ele se sentia cada vez melhor. E tudo isso por conta dos momentos em que assistia aqueles vídeos. E podia fazê-lo várias vezes durante seu dia. Ah, se podia.

– "Imagine se você pudesse foder comigo agora mesmo" – Freia disparou e o detetive pareceu acordar de sua reflexão – Era o que eu dizia para as pessoas na rua. A tevê e o Governo tentam esconder, mas ainda existe prostituição para quem consegue encontrar e pagar por isso. Eu também tinha medo da síndrome, mas continuei nas esquinas porque precisava de dinheiro. Fazia um programa por mês e cobrava o que você ganha em seis meses de trabalho. No dia seguinte eu fazia o exame e torcia para que ele desse negativo. Quando Brad me procurou e me explicou sobre sua teoria, topei de imediato ajudá-lo. Não parecia justo o mundo continuar assim.

– Como eu te disse, Freia, ainda existem detalhes a serem investigados antes provar que essa conspiração existe...

– Por que você não me deixa te provar que isso tudo é besteira? – Freia já estava de pé à frente de Phillip, do outro lado de sua mesa. O detetive estava assustado. Mas, apesar de tudo aquilo que lhe enfiaram na cabeça durante anos, seu pênis estava mais preparado do que nunca.

– Por favor, Freia... É melhor não.

Freia se afastou de Phillip, respeitando seu desejo, e caminhou até a porta.

– Ok, detetive, eu entendo...

Antes que Freia terminasse de falar, Phillip a agarrou e a beijou agressivamente na porta do escritório. A moça levou sua mão até a virilha do detetive e, enquanto o beijava, deu uma boa risada. Phillip trouxe Freia até sua mesa e, como num filme erótico qualquer que ele se lembrava de ter visto, jogou todos os seus papéis no chão. Sentou a moça de pernas abertas sobre a mesa e arrancou sua calcinha por baixo da bata. Abandonou os lábios de Freia e começou a sugar seus seios, mas apenas por alguns instantes. Com a boca entre as pernas da moça, o detetive usou sua língua da melhor forma que lembrava. Freia gritava, sem se preocupar se seria ouvida por quem passasse pelo lado de fora do escritório. Phillip então virou Freia sobre a mesa. A moça levou sua mão às nádegas, como se estivesse abrindo caminho para o detetive. Os dois corpos se uniram num misto de prazer e violência e assim ficaram por bem mais do que quinze minutos.

5

Seis meses depois, de volta à igreja do Padre Robinson, chamou a atenção de Phillip uma movimentação estranha no confessionário na lateral da catedral. Nem se aproximou muito para perceber barulhos estranhos naquele lugar onde os pecadores declaravam seus segredos. Dois jovens transavam primitivamente e um tanto despreocupados no lugar onde normalmente se acomodava o padre. O detetive deu meia volta e continuou com seu caminho em direção à nave central da igreja.

– Tudo está como nunca deveria ter deixado de estar.

Na primeira fileira de cadeiras, Phillip reconheceu uma senhora ajoelhada em silêncio e de cabeça baixa. Sentou-se ao lado sem falar nada por alguns minutos.

– Tive uma noite ótima, sabe? – Phillip puxou assunto, sendo completamente ignorado por Arlene, a velha voluntária da igreja. – A senhora lembra a última vez que teve uma?

Arlene começou a mexer os lábios em silêncio, rezando quase em transe, seus olhos fechados até se comprimir. Phillip olhou para o altar. Não era uma pessoa religiosa, então muitas daquelas imagens não representavam nada para ele. Ele tirou o blazer e o pendurou no banco da igreja. Sentiu a brisa que passava por dentro daquele ambiente. Isso era uma coisa que tinha aprendido a apreciar depois que tinha interrompido o anafrodisíaco.

– Você envenenou o Padre Robinson antes ou depois de flagrá-lo com Freia?

Arlene parou de mexer os lábios. Ela se levantou dando as costas para Phillip, primeiro em câmera lenta, mas depois dando largos passos em direção ao corredor da nave da paróquia.

– Meu amigo Cardoso está logo na porta, aguardando você para um depoimento. Não precisa ter pressa.

– Como... Como o senhor descobriu?

– Realmente era mais fácil para minha cliente acreditar que a grande corporação farmacêutica que se beneficiou do anafrodisíaco tivesse mandado matar o Padre Robinson. Mas, quando vazamos na Internet os arquivos das pesquisas que o padre tinha realizado, as investigações da morte dele correram mais rápido. – Phillip se levantou, aproximando-se de uma Arlene que era quase uma estátua no corredor principal da igreja. – Só que não havia nenhum indício de que a corporação tinha conhecimento das pesquisas do Padre Robinson ou que ele ainda guardava informações do grupo de pesquisas do qual fez parte. Grupo de pesquisas do qual, você deve saber agora pelos jornais, também fez parte Robert de Assis Ferguson, dono da empresa que descobriu uma forma de evitar que as pessoas sentissem desejos sexuais. A única coisa que parecia conter a disseminação da síndrome. Síndrome que realmente existiu, diga-se de passagem, mas que não era tudo aquilo que achávamos. Eu me sinto meio bobo quando penso na última década. E em como uma grande empresa manipulou quase o mundo inteiro. De quantas vezes eu deixei de... – com os dois braços, Phillip fez um sinal que simulava uma relação sexual – Opa, perdão – disse o detetive voltando-se para a cruz central do altar.

– Você é tão imundo quanto o Padre Robinson. Todos vocês são! – Arlene gritava em direção a Phillip.

– Imundície é negar o que se sente, dona. Diga para mim: você envenenou a comida do padre porque descobriu que ele ia trazer o sexo de volta ou porque estava com ciúmes dele com a Freia?

Arlene virou-se para o altar e caiu, aos prantos, de joelhos no chão.

Phillip deixou a igreja com alguma satisfação no rosto. O que ia ganhar por esse caso era uma mixaria, já que Freia não era uma cliente com muitos recursos financeiros. Pelo menos ela era uma ótima amiga colorida, pensou Phillip. E esses eram os melhores amigos para se ter neste mundo, que não era mais tão preto e branco.

O mestre dos brinquedos

Miguel tinha duas paixões na vida. A primeira era Joana.

Ainda jovem e sem pretensões, Miguel entrou na Brinquedos Esplendor. Antenor Gadelha, proprietário desta que era a maior loja de brinquedos da cidade, perguntou se Miguel já havia cortado madeira. Ele disse que não, mas que cortaria até os próprios pulsos por um emprego. O Senhor Gadelha riu e pôs-se a ensinar o antigo ofício que havia sido passado a ele de geração a geração e que sua família desempenhava melhor do que qualquer outro fabricante de sua época. A esposa do empreendedor tinha falecido durante o parto de sua filha única. O parto difícil deixara marcas em sua primogênita Joana, que acabou cega de nascença, impossibilitando que ela trabalhasse na loja. E o jovem Miguel se tornou o filho postiço do antigo fabricante de brinquedos.

Assim, cresceram juntos Miguel e Joana. A garota considerara sempre o jovem artesão como um irmão. Sentimento que nunca foi recíproco. Miguel não dava dois passos sem tentar impressionar a moça e comemorava em voz alta cada brinquedo novo, apenas para que a moça pudesse escutá-lo. Focado e perfeccionista, não demorou para que o jovem se tornasse um grande mestre dos brinquedos.

Acometido de velhice e de um súbito mal de Parkinson, ficava cada vez mais difícil para o Senhor Gadelha criar suas bugigangas. Dizia várias vezes a Miguel que logo ele teria de substituí-lo totalmente em seus afazeres, o que incluiria administrar a loja. Mas o logo se tornou agora, já que o Senhor Antenor Gadelha faleceu num ataque cardíaco. Restava agora a Miguel e Joana cuidarem de si próprios.

Miguel sempre fora um rapaz tímido e calado, permitindo-se sorrisos, ainda que curtos, apenas com os gracejos da alegre Joana. À moça cabia entreter os pequenos clientes que frequentavam a loja. Indagado sobre algum brinquedo ou sobre quaisquer outros assuntos, Miguel se encolhia como um cachorro medroso atrás do balcão, sendo costumeiramente acudido pela sorridente garota, em momentos que nutriam os sentimentos do jovem mestre dos brinquedos.

Constantemente Miguel se pegava admirando o sorriso de Joana, que, por conta de sua deficiência, não notava aquela constante vigilância. Por vezes o jovem se aproveitava dessa vantagem para espiá-la, fosse em seus passeios, fosse em momentos íntimos. Na tentativa de controlar seus impulsos, o fabricante de brinquedos se afundava no trabalho e por vezes virava a noite na loja, construindo carros, bonecas e casas. Desejava declarar seus sentimentos, mas ao mesmo tempo se afastava.

Quanto a Joana, era um partido invejável na cidade. Seu primeiro amor foi o jovem carteiro. Lopes era um sujeito baixo e calvo, mas dono de uma poderosa voz radiofônica, o que encantou Joana. Sentada atrás do balcão, a jovem tremia quando o moço se anunciava à porta da loja. Miguel observava os galanteios do carteiro e se desconcentrava. Certa feita, o mestre dos brinquedos partiu um soldado de madeira ao meio quando escutou o "sim" de Joana ao convite para um passeio com Lopes.

Neste dia, enfurnado em mais uma madrugada de trabalho, Miguel construía ferozmente cavalos de madeira, espadas, rifles e toda a gama de brinquedos que conhecia. Imaginava Lopes e Joana e pensava em como podia ela entregar-se a um baixote desajeitado. O mestre dos brinquedos se torturava imaginando o corpo do carteiro sobre o da moça, em perfeita desarmonia, numa comunhão animalesca.

Desconcentrado e desnorteado, o jovem não conseguia concluir seus serviços. Decidiu espairecer à calçada, acendendo um cigarro. Ao abrir a porta, percebeu a fria madrugada e um garoto de rua observando a vitrine da loja.

Notando o brilho nos olhos do garoto, o mestre dos brinquedos perguntou se ele não queria entrar. Passeando entre as espadas, trens e peões, o guri enchia Miguel de emoção. Ao mesmo tempo, sem saber o porquê, Miguel se lembrou de Joana. O jeito visceral com que o moleque mexia num barquinho acelerou a respiração do jovem fabricante, que o agarrou pelo pescoço e, ofegante, começou a esganá-lo. Com movimentos nervosos nas pernas e tremeliques sem padrão, o garoto agonizou em silêncio, até ficar completamente imóvel.

Mais tarde, na oficina, Miguel se lembrava da imperfeição daquele brinquedo que ele tinha acabado de montar e desmontar. Na sua mão, um frasco usado de verniz continha o líquido vermelho que havia sobrado desse último trabalho. O mestre dos brinquedos ria consigo mesmo da imperfeição daquele brinquedo que ele não havia concebido originalmente. Feito por ele poderia ser mais simétrico, pensava. E, enquanto guardava os pedaços daquela massa irreconhecível de gente, Miguel descobria sua segunda paixão.

* * *

O sol começava a se pôr quando, apressada, Joana terminava de se arrumar. Havia pedido a Dona Carminha, vizinha de longa data da família Gadelha, que a ajudasse. Mas onde estava o perfume? Botaram abaixo o quarto da moça, mas nada de o frasco aparecer. Subitamente, batidas apressadas tomaram a porta do quarto. Miguel dizia que chamavam Dona Carminha em sua casa. Ao que parecia o Senhor Ângelo havia perdido a dentadura outra vez. Maldita velhice, pensou Dona Carminha, seu marido perdia a dentadura todo dia, mas sabia como encontrar os biscoitos escondidos na cozinha. Desejou boa-sorte a Joana e foi-se, dizendo que, caso a moça não encontrasse o perfume, amassasse algumas rosas no sutiã. Fazia isso quando moça.

Joana ainda procurava angustiadamente seu perfume quando Miguel, ainda no quarto, pediu que ela aguardasse. O mestre dos brinquedos voltou quase num piscar de olhos, oferecendo um frasco de um elixir europeu que tinha guardado para dar a Joana em seu próximo aniversário. Seria uma surpresa, gaguejou Miguel, como fazia nervosamente na presença da amada. Joana tateou o frasco e riu sozinha por achá-lo parecido com a garrafa de verniz utilizada na oficina de brinquedos. Mas o cheiro era sem dúvida muito agradável, e Joana jogou desajeitadamente quase todo o conteúdo no corpo.

Com alguns minutos de atraso, o carteiro Lopes bateu à porta da Brinquedos Esplendor, que guardava aos fundos a casa da família Gadelha. Foi atendido por Miguel, que disse que ela terminava de se perfumar. Sabe como são as garotas, disse o mestre dos brinquedos como se fosse um profissional no assunto, sempre deixam tudo para a última hora. Lopes riu por educação e sentou-se em uma das cadeiras de madeira. Miguel perguntou se ele aceitava um café, e ele disse que não, pois não queria que seus dentes ficassem amarelados. O mestre dos brinquedos então se sentou ao lado do carteiro e começou a puxar assunto. No princípio, Lopes não deu bola. Mas tinha um assunto, repentinamente jogado na roda pelo mestre dos brinquedos, que parecia ser de seu interesse: Joana. Miguel então contou sobre como havia chegado até ali e o quanto tinha estima pelo finado Antenor Gadelha. Palestrou sobre as recomendações que recebeu para proteger sua filha única, o bem mais importante da família. Mesmo sabendo dos defeitos dela, disse meio tossindo. Lopes rapidamente levantou as orelhas, pensando quais defeitos tão bela dama poderia ter. Miguel fez-se de desentendido e tentou mudar de assunto, mas o carteiro insistiu por uma resposta. Excentricidades, o irmão torto da moça falou.

Assim que terminou de falar, a porta dos fundos da loja bateu, revelando a bela dama. Com um sorriso no rosto e trajando um belo vestido, Joana estava linda como nunca, não fosse um detalhe: havia sangue espalhado por cima dos seus seios, passando ainda pelo seu pescoço e maçãs do rosto. Lopes deu um pulo para trás. Com um até-mais-ver grave, o carteiro bateu forte a porta da Brinquedos Esplendor.

Joana, confusa, chamou pelo carteiro duas vezes. A sala principal da loja ficou em silêncio por alguns segundos. Miguel fez algum barulho e se virou para Joana, que não esperou que o rapaz falasse qualquer coisa, partindo em disparada para dentro de casa. Sozinho, Miguel não conteve um sorriso.

Joana chorou por semanas, como choram as mulheres ao fim dos seus primeiros amores. Nesse período, recusou várias propostas, pensando no quanto eram estúpidos os seres do sexo masculino. Mas o tempo trouxe de volta sua esperança. Assim vieram Matias, Tomás, Franco... Todos encantados pela moça e afugentados por seu perfume exótico, uma essência barata de alecrim e jasmim que cobria o cheiro metálico do sangue dos garotos mortos por Miguel. Um para cada pretendente da jovem.

No início, o acaso ajudava Miguel, que apenas ia para a porta nas madrugadas improdutivas e aguardava suas vítimas. Mas logo o desaparecimento dos moleques de rua chamou atenção. Por conta da falta de notoriedade das crianças, em sua maioria órfãs de rua, Miguel não teve grandes problemas com as autoridades. Matava e experimentava novas combinações entre as partes das vítimas, tomando-lhes emprestado seu sangue, para depois triturá-las cirurgicamente em pedaços tão pequenos que passavam despercebidos no lixo das casas da vizinhança. Mas os desaparecimentos fizeram com que a vizinhança da Brinquedos Esplendor fosse evitada por moradores de rua no horário entre o pôr do sol e o amanhecer. A cada noite ficava mais difícil que os meninos fossem até lá. Então ele precisou ir até eles.

Numa madrugada, Miguel teve de andar quatro quarteirões para encontrar uma criança na rua. O sol começava a nascer quando o pequeno Ricardo saía de casa para pegar o jornal. Ele se deparou com aquele homem de vista cansada com um avião de madeira na mão. Simulando o voo do brinquedo, Miguel o pousou sobre a palma do moleque. Com um sorriso no rosto, a criança tocou o artefato, mas logo o rejeitou, devolvendo-o ao mestre dos brinquedos. Lembrou o que seu pai falava sobre estranhos. Miguel insistiu, mas Ricardo começou a dar as costas. Exausto e temendo o fim próximo da madrugada, o mestre dos brinquedos puxou a mão de Ricardo e despedaçou o avião de madeira em sua testa. Agarrou o menino antes que ele pudesse desabar no chão. Porém, antes de seguir caminho, voltou alguns passos com o garoto a tiracolo e pisoteou os restos do avião de brinquedo quebrado. Que coisa sem graça, ele pensou.

* * *

Firmino tinha completado trinta anos de polícia. Podia aposentar-se havia tempos e, por isso, os colegas já quase o expulsavam da chefatura. Ele não gostava nem de pensar em largar aquela vida. Era uma cidade pacata, ele pensava, com o trabalho que sempre desejou. Claro que houve os dias ruins: ladrões de mercearias, brigas de casal e, às vezes, moleques encrenqueiros sujando os muros da cidade. Mas o pulso do velho guarda sempre foi forte. Era pacífico na maior parte do tempo, mas olhava fundo nos olhos dos arruaceiros. Como abandonar aquela vida? O que mais ele sabia fazer, a não ser acordar de manhã cedo, ler o seu jornal e partir para as ruas, como nas últimas décadas? Viúvo, tivera uma vida solitária, pois logo seus filhos mais velhos saíram de casa. O primogênito, Ernesto, se tornou um grande engenheiro, formado na capital, casado e com duas lindas filhas. Franco, que veio após Ernesto, havia pouco se tornara o novo médico da região. Para Firmino faltava apenas casá-lo com uma boa moça para que pudesse constituir família. O doutor havia tentado com uma bela garota da vizinhança, filha de um tradicional empresário de brinquedos, mas parecia ter se traumatizado nessa experiência, para a frustração de Firmino. O único dos rebentos que parecia não aspirar às grandes carreiras era o mais novo, que teimava em seguir os passos do patriarca. Mas pais nunca querem que seus passos sejam seguidos, conjeturava Firmino. Ser policial tinha seus riscos, e ele não desejava aquela rotina para seu herdeiro mais novo. Talvez a vida lhe mostrasse motivos para ele não querer encarar o tipo de gente que o velho encarava todos os dias. Assim ele esperava. E agora, para mais aquele dia começar como qualquer outro, restava apenas que seu caçula, Ricardo, lhe trouxesse as novidades do jornal diário local.

Enquanto isso, na parte de cima da Brinquedos Esplendor, Joana acordava ansiosa por mais um encontro. Não era a mesma ansiedade de sempre, porque suas últimas decepções haviam podado seu coração. Ela aguardava Jerônimo, grande advogado da cidade. Dessa vez tudo pode ser diferente, pensava a garota. Já tinha se aprontado toda: espartilho, vestido, sapatos, cabelos. E o perfume? Ah, claro, sorria sozinha a garota, Miguel havia dito que tinha mais um frasco. E desceu até a loja.

Na porta que separava a casa da fábrica de brinquedos, Joana teve que bater várias vezes até que Miguel, ofegante, abrisse. Pela fresta, o mestre dos brinquedos disse que estava ocupado. Mas a moça o empurrou e adentrou rapidamente o ambiente. Ela precisava do perfume para logo, pois Jerônimo havia mandado recado dizendo que teria de estar à tarde em reunião com um importante cliente, o que faria o encontro mudar de piquenique vespertino para um almoço romântico. A garota se sentou então na velha cadeira do pai, esperando com a mão erguida que Miguel lhe desse o frasco. Ao seu lado se encontrava Ricardo, amarrado e amordaçado sobre a mesa onde se serrava a madeira. Miguel suava frio com aquela situação. Será que não bastava que ela não enxergasse, Miguel tinha ainda de perder a voz, ironizava a impaciente Joana. Miguel pediu algum tempo e perguntou se ela não podia aguardar que ele buscasse o frasco fora da oficina, na loja da família. A garota disse que esperaria ali mesmo, já empurrando Miguel para fora da sala. Completamente alheio a suas vontades quando se tratava do seu grande amor, o rapaz foi obrigado a deixar Joana a sós com Ricardo.

A esta altura Firmino já convocava todos os guardas da região. Prioridade máxima, exclamava para os colegas mais próximos. Não demorou até que o experiente policial associasse o sequestro de seu caçula ao desaparecimento dos garotos de rua no seu bairro. Mas sabia que o sequestrador não podia estar muito longe. Estaria ali, talvez na mesma rua de sua casa.

Na loja, Miguel enchia apressado o frasco de verniz com a essência de alecrim e jasmim. Por dentro, seu transtorno obsessivo o fazia condenar a si mesmo por não ter extraído o ingrediente principal. Ao entrar de volta na oficina, deparou-se com Joana de pé em frente à mesa onde estava Ricardo, ainda imobilizado. A garota parecia compenetrada, mas não havia ainda notado o mestre dos brinquedos. Contava que seu pai nunca a deixara chegar perto daquelas máquinas. Que ele nunca a deixara chegar perto de nada. Antenor Gadelha sempre a via como a garotinha cega, que não conseguia dar nem dois passos sem ajuda. Todos os homens são iguais, pensava em voz alta, pensam que elas sempre precisarão deles para viver.

Ao proferir essas palavras, Joana ligou raivosamente a serra que ficava em cima da mesa e que atravessou Ricardo ao meio sem piedade, esguichando sobre a moça o líquido rubro que corria no garoto. Miguel se deliciou com aquele momento. Teve vontade de abraçá-la e beijá-la, sentiu que aquele podia ser o momento certo para declarar-se. Mas, ao tocar na moça, ela estava em choque, gritando desesperada pelo pai já falecido. Com um olhar doentio que Joana não conseguia ver, o mestre dos brinquedos começou a tentar calar a moça, com uma mão na sua boca e outra no seu pescoço. Nada vai te acontecer, dizia, estava ali para amá-la e confortá-la.

Quase ao mesmo tempo, Firmino e um grupo de policiais invadiam a fábrica de brinquedos, atraídos pelos gritos de Joana. Deparando-se com o jovem Ricardo sem vida sob a serra, Firmino se ajoelhou à frente do corpo do filho mais novo, completamente perplexo. Era o que desconfiava, balbuciou, voltando-se para um dos colegas. Desde que seu filho Franco lhe contara sobre os terríveis hábitos que havia presenciado na casa dos Gadelha, imaginara que havia algo de perturbador na herdeira única daquela família. Miguel mal conseguiu soltar o pescoço da desfalecida Joana quando um dos policiais tentou separá-los. O mestre dos brinquedos estranhou que as pessoas o ignorassem.

Entendendo que ele não parecia um problema ali, Miguel deus alguns passos apressados em direção à porta. No caminho já tinha chegado à conclusão de que não amava mais Joana. Desde sempre deveria ter ficado só com os brinquedos, ele pensou. As pessoas são difíceis de montar e desmontar, quase impossíveis de consertar. Sim, ele iria se dedicar apenas à oficina agora, criar brinquedos perfeitos, talvez apresentá-los em Paris, que era para onde todo jovem daquela época sonhava em viajar. Seus pensamentos falavam tão alto que o impediram de ouvir os gritos de desesperado Firmino para que ele não saísse dali. Até que um projétil da arma do velho policial atravessou a cabeça do mestre dos brinquedos.

Sebastião, sangue negro

Ao meu redor, um quarto escuro e imundo, que cheirava a fezes e comida podre. No chão, homens acorrentados em trio, pelas mãos e pelos pés, num elo que nas pontas conectava-se ao chão. As correntes ficavam estiradas para não permitir nenhum movimento. O máximo que eu conseguia era ficar sentado, ao custo dos movimentos dos outros dois colegas com quem eu dividia os laços de aço. Estava cansado e faminto e ainda não tinha me recuperado da viagem que me levara até ali.

Não sei com precisão quantos dias fiquei no navio. Durante aquela viagem, eu fiquei amarrado com cipó, abraçando minhas canelas. Um pedaço de bambu enfiado entre meus braços e minhas pernas impedia qualquer movimento. Junto comigo, por volta de cem outros homens, enfileirados, uma forma de ter um melhor aproveitamento do espaço do porão da embarcação. Em comum, o fato de termos sidos arrancados de nossas famílias e de termos a pele mais escura do que a dos homens que passeavam livres na proa.

Até alguns dias antes daquela viagem, eu iria me casar. Não um tipo de casamento como os que me raptaram conheciam. Eu havia lutado contra Dumbaô e ele morrera em minhas mãos como um nobre oponente. A tradição de lutar para se casar não era milenar, mas uma medida tomada por nosso líder, meu pai, para resolver o problema da falta de mulheres em nossa tribo. Uma a uma, todas estavam sendo tomadas pelo homem branco, ainda crianças, para servir de empregadas, ou algo muito pior, em suas sociedades supostamente mais desenvolvidas. Ficar com Umaiame havia custado preciosas amizades e alguns túmulos no nosso cemitério.

Na noite do casamento, a maior festa que minha tribo já viu se consumou. Como filho do líder, em breve o comando do meu povo me seria passado. Mas eles sabiam que naquela noite estaríamos embriagados com nossas raízes e que não insultaríamos nossos deuses derramando sangue numa cerimônia sagrada. Eles, caçadores de escravos, tinham ainda fogo e pólvora.

Quando os tiros e explosões começaram, meu povo não sabia de que lado eles vinham. Campeando de moitas e ocultos pelas trevas da noite, os brancos acertavam de longe meus irmãos. Atordoados, corríamos sem direção definida. Organizada pelas táticas de guerra de meu pai, nossa tribo havia resistido a outros ataques tempos atrás, mas naquele dia tombamos sob o barulho ensurdecedor da pólvora.

Segurando Umaiame, entrei na selva, correndo desesperado, ignorando os ferimentos que me causavam a vegetação e o terreno pedregoso. Eu não conseguia diferenciar a respiração cansada dos soluços amedrontados de minha esposa. Até que o estrondo de um tiro ressoou dentro do meu peito. Ainda correndo, vasculhei meu corpo com minha mão livre, mas eu parecia inteiro. Foi quando minha corrida foi interrompida por Umaiame. Eu não deveria ter parado. Não deveria ter chorado por ela, porque ela ia para a companhia de Nanã, que protegeria sua alma e a plantaria para que ela pudesse renascer como uma fruta vermelha. Tentei, em vão, despertar Umaiame. Não deveria ser assim. Ela não deveria morrer ali. O tempo que fiquei ali, olhando pela última vez para meu grande amor, aproximou nossos perseguidores. O que restou do meu mundo foi abaixo com uma coronhada na minha nuca.

Dentro do navio que me traria ao que considerava um Novo Mundo, meu povo foi misturado com outros, de outras tonalidades, crenças e idiomas. Fui um dos poucos que sobreviveram à alimentação precária, aos maus tratos e às doenças da viagem. No desembarque perdi o contato com meus conterrâneos e já não tinha certeza se alguém da minha tribo tinha ficado vivo.

É difícil ter certeza, mas devia ser algo próximo do ano de 1630. Eu tinha por volta de vinte e cinco anos, quando fui levado junto com outros escravos até uma propriedade rural a alguns quilômetros do litoral do que estavam chamando de Brasil. Era o engenho do senhor Antônio Maria Coelho, neto bastardo de Duarte Coelho Pereira, português que no século anterior fora donatário da capitania de Pernambuco.

Fui jogado numa senzala e acorrentado nu a outros dois escravos. Enquanto conversavam usando algumas palavras que eu conhecia, descobri que eram de uma mesma tribo, próxima da minha. O mais novo era um jovem forte, que deve ter nascido numa lua próxima daquela em que eu nasci. O outro, já bem velho, tinha uma barba branca como osso raspado e um olhar secular.

–Quais ventos te trouxeram aqui, meu filho? – perguntou o velho, usando antigas palavras do meu idioma.

Os brancos atacaram minha tribo durante meu casamento. Mataram todos – respondi, sem poder olhá-lo nos olhos, por conta da posição em que estávamos acorrentados.

O que os brancos querem, hein? Toda a terra para eles? Todos os homens da outra cor a seu dispor? – O mais novo falava em voz alta, como se quisesse ser ouvido por todos os escravos do lugar. – Quando iremos devolver esse tratamento?

Quando nossos deuses acharem que é tempo – retrucou o velho, impostando um tom de voz tranquilizante.

Sabe o que dizem? Que em Palmares o tempo chegou. E é pra lá que nossa gente deve ir – respondeu o jovem. Suas palavras foram seguidas de uma gritaria de dentro da senzala.

Logo eu confirmaria que havia muito a semente da revolta estava plantada naquele lugar.

Depois de um ano cuidando das plantações de cana-de-açúcar, começava a me acostumar com meu novo modo de vida. Num dia trabalhava mais de doze horas e com sorte me alimentava duas vezes. Já falava um português compreensível, embora não visse mais do que a senzala e as plantações. No caminho entre esses dois pontos, contemplava de longe a habitação do meu senhor, uma típica casa-grande da época, com uma estrutura pomposa e um alpendre rodeando a construção principal. Tinha um amarelo morto como cor predominante e uma grande porta de madeira na frente, talhada com motivos religiosos. Fazendo a guarda da propriedade, o senhor Antônio Maria tinha vários capatazes a seu dispor, rodeando o lugar como o exército particular da família.

Sobre os familiares do meu senhor, eu conhecia pouco. As informações escassas que tínhamos vinham das escravas que cuidavam da casa-grande durante o dia. Antônio Maria era viúvo e teve quatro filhos. O filho mais velho morrera em uma viagem a Portugal quando tinha apenas dez anos de idade, de doença desconhecida, que também matara a mãe, dona Mocinha de Albuquerque Coelho. O segundo filho era Jorge, jovem que ajudava o pai na administração do engenho e presença constante na senzala, onde vez ou outra raptava escravas no cair do sol. Rita era a terceira filha, uma moça no auge da sua juventude. Não se sabia muito sobre o quarto filho, que vivia enclausurado num quarto por extremos cuidados por parte do pai. Ao que parecia, era de intenção de Antônio Maria que os três filhos vivos fizessem carreira profissional dentro da Igreja, fato um tanto incomum na época, quando os grandes barões da cana-de-açúcar casavam suas crias em transações comerciais. As escravas que trabalhavam na casa diziam que, após os eventos da morte da esposa e do filho, o senhor Antônio Maria agarrou-se veementemente às inclinações católicas.

A religião era algo realmente forte dentro do engenho. Fazia dois anos que eu havia sido trazido à propriedade quando Antônio Maria mandou batizar todos os escravizados do arraial. Mesmo sendo uma prática comum na colonização católica europeia, a princípio o padre da capela local achou que aquilo seria uma heresia. Nada que uma pomposa doação para a paróquia não resolvesse. Um a um, fomos recebidos pelo padre para o batismo. Um adicional dessa celebração seria ganharmos novos nomes, inspirados nos mártires da Igreja Católica, claro.

Como é teu nome, escravo? – retrucou o padre, me olhando seriamente.

I Cudjobá Kamuká – respondi prontamente, usando o sotaque da minha tribo.

Santo Pai! Parece uma sinfonia proferida por Satanás! De agora em diante te chamarás Sebastião! – bradou o santo padre, jogando uma caneca de água sobre minha cabeça.

Assim eu ganhava um novo nome, que por decreto de nosso senhor deveria ser utilizado de imediato. Ganhar um novo nome teve suas vantagens. Nossa conversão em católicos fazia nosso senhor, vez ou outra, olhar para os escravos com alguma benevolência. O peso do chicote ainda era o mesmo para quem saísse da linha, mas ganhamos alguns benefícios, especialmente em feriados religiosos. Nos "dias de santo" nossa jornada terminava mais cedo, e, apesar de ainda aprisionados na senzala, éramos liberados das correntes. Recebíamos aguardente e arroz cozido, verdadeiras iguarias naqueles tempos de dor.

Em uma dessas festas entrei em contato com uma curiosa tradição. Eram passos rápidos, executados no meio de uma roda animada com palmas e cânticos, que misturavam palavras em português e ladainhas vindas do outro lado do oceano. Talvez fosse um erro chamar de dança o que acontecia no centro daquela roda. Os escravos lançavam chutes afiados uns nos outros, dois por vez. Na maioria das vezes os chutes eram evitados, porém vez ou outra os oponentes se acertavam. Mas isso não era motivo de desavença. No fim de sua vez, eles se abraçavam rindo e dividiam um copo de aguardente. Apesar de toda essa balbúrdia, os negros eram espertos o suficiente para evitar que isso chamasse a atenção do nosso senhor. Uma escrava fazia vigília na porta da senzala para avisar de qualquer aproximação suspeita. Sabíamos que a gritaria em "línguas pagãs" poderia perturbar a imaginação fértil dos católicos, na época à sombra da Inquisição. Em pouco tempo eu seria reconhecido pelos meus pares como um exímio praticante daqueles movimentos, o que me traria novas responsabilidades.

Certa época, o engenho começou a passar por alguns furtos. Vários escravos foram castigados, até que se suspeitasse dos indígenas da região. Isso irritou bastante nosso senhor, que na fundação do seu engenho fizera vários acordos com caciques locais – embora alguns à base da violência – para que não tivesse tais incômodos.

– Querem guerra, que se engasguem com guerra! – bradava Antônio Maria.

Naquela noite, ele chamou Raimundo, nome do velho sábio que eu havia conhecido na minha chegada à senzala, e o imbuiu da tarefa de escolher os dez escravos mais aptos para um confronto com os nativos. Eu e Francisco, o jovem que dividiu as correntes comigo e Raimundo, estávamos entre os escolhidos. Na madrugada seguinte invadiríamos a tribo para tomar as devidas satisfações.

Como num costume de meus colegas, aquela noite se iniciou um ritual de preparação para o combate. Os escravos começaram a se organizar numa roda no meio da senzala. A percussão dos momentos de festa e dança estava lá, mas muito mais compassada. No centro, Raimundo, sentado num tamborete de madeira, fumando um cachimbo de cheiro forte. Subitamente a percussão começou a ganhar velocidade, e as batidas ficaram mais intensas, quase ditando o ritmo do meu coração. As mulheres mais velhas cantavam em voz alta, algumas praticamente chorando, recitando versos que eu não conseguia traduzir. Nunca tinha visto nada parecido entre os do meu povo. Tínhamos nossos costumes que evocavam o sobrenatural, mas nada semelhante. O clima ia ficando denso, e um aperto inexplicável tomava conta do meu peito. Estava com medo. Não demorou até que o velho Raimundo tremesse dos pés à cabeça. Seus olhos se reviravam e dos cantos da sua boca brotava uma espuma esbranquiçada. Francisco segurava seus ombros, para que o velho não se desequilibrasse. Alguns minutos depois, Raimundo ficou imóvel.

– Unêgoquissipreparíproquevem... – Raimundo falava rápido e eu mal conseguia distinguir as palavras. – Vaibatê nu brancu, vai? U brancu é raçarruim.... mas nãopodemosserigual... Baiani vailánumvai? – e caía numa risada amedrontadora.

Eu estou aqui, meu velho, para te escutar – disse Francisco, ao ver seu nome africano sendo pronunciado em meio à tempestade de palavras.

Baiani vaichegarláevaifazer... numvai Baiani? Agora sioutronumvai... Baiani deixa... deixa Baiani...

Baiani deixa, meu velho... – não sei se Francisco estava entendendo o que o incorporado Raimundo dizia, mas ele concordava serenamente, já de joelhos à sua frente.

Temais guerrêro aqui... Cudjobá taqui? – disse Raimundo, balançando a cabeça de um lado a outro como se estivesse buscando alguma coisa.

Raimundo tinha proferido o meu nome africano. No início não sabia se respondia, ainda tentava digerir aquilo tudo. Francisco já havia me falado sobre esse tipo de possessão por espíritos antigos e sobre as orientações que se recebia deles. Negros e indígenas sempre foram classificados como ignorantes pelos brancos. Mas nossas crenças explicavam coisas que o branco nunca iria compreender. Já era certo para mim naquela época que chegamos bem mais perto de Deus do que os brancos, que preferiam ser tementes a Ele em sua bendita ignorância. E o branco ainda achava que nós é que éramos ignorantes.

– Cudjobá numvem? Tutemtudo só num tem medo, Cudjobá... vemperto.

Raimundo notou minha aproximação e começou a ter espasmos novamente, ainda mais fortes que os do início da sessão.

– Cudjobá vailonge... Nummorremascorrequemorrertuquer... Branquin mal! Branquin mal! – Raimundo começava a gritar, enquanto Francisco e duas negras o seguravam. O velho começou a repetir a mesma palavra, fácil de entender – Sangui-sangui-sangui-sangui-sangui-sangui...

Se antes aquilo tudo já havia mexido com meus brios, agora eu suava frio e respirava com dificuldade. Não entendia o que ele queria dizer. Foi quando Raimundo caiu desmaiado aos meus pés. Enquanto tentava acordar o ancião, Francisco me olhou com uma expressão de desconfiança.

Não preguei os olhos por um minuto naquela noite. Eu podia sentir que algo estava terrivelmente errado. Rezei para todas as divindades que lembrava até adormecer. Meu sono foi povoado por uma série de pesadelos. Via Umaiame correndo, fugindo de um grande lobo. Ela chorava e gritava meu nome. De algum lugar eu tentava estirar meus braços para alcançá-la, mas não conseguia, porque, enquanto ela corria do lobo, ela também se afastava de mim mesmo. O sonho cortava subitamente para a senzala, onde Raimundo berrava possesso. Seus olhos vertiam um sangue denso e ele me dizia que eu deveria morrer. Acordei com o barulho dos outros escravos preparando-se para a jornada à aldeia indígena.

Antes do nascer do sol, Antônio Maria, dez negros e cinco capatazes já estavam embrenhados na mata para uma visita a tribo dos fulniôs.

Depois de uma caminhada de mais de uma hora mata adentro, avistamos as ocas, feitas de palha pintada de urucum vermelho e jenipapo negro, num posicionamento que lembrava bastante o que fazíamos em nossa tribo. Nas proximidades, muito silêncio e nenhum movimento, o que nos fez concluir que ainda dormiam. A um gesto de Antônio Maria, um dos capatazes avançou rapidamente sobre as ocas, derramando um líquido sobre elas. Logo ele foi acompanhado pelos outros capatazes. Os outros escravos acompanhavam o movimento e começaram a encharcar as ocas com o que devia ser algo capaz de incendiar. Em princípio, fiquei parado. Não queria fazer aquilo. Fora dessa forma que eu perdi tudo. Via ali a minha própria aldeia sendo atacada. Fiquei apenas observando, quando um capataz roçou uma faca nas minhas costas:

Vamo, nêgo. Queima tudo.

Em alguns minutos toda a aldeia estava banhada. Antônio Maria ordenou então a um dos capatazes que ateasse fogo nas ocas. Mas, quando a primeira começou a queimar, o capataz foi atingido com uma flecha no meio do peito. O tiro vinha do matagal, do lado posterior ao da nossa entrada. Da mesma direção, uma enxurrada de indígenas brotou de dentro da selva numa gritaria infernal.

Armados com arcos e machados, eles correram em nossa direção. Os capatazes tinham facas e nós tínhamos pedaços de pau nas mãos. No meio de um fogaréu, travou-se um combate sanguinolento. Apesar da comitiva de Antônio Maria estar em desvantagem numérica, nós éramos mais fortes e mais habilidosos.

Eu derrubava facilmente dois indígenas com um golpe só, o que me fazia mal. Estava lutando por minha vida, mas ao mesmo tempo defendendo o opressor. No meio de tudo, senti a falta de Francisco e alguns dos negros que estavam conosco e cheguei a cogitar que haviam escapado no meio da confusão. Não demorou para que restassem poucos indígenas de pé, tendo muitos deles se embrenhado em fuga no matagal. Francisco vinha de dentro da relva, alegando que havia perseguido um grupo, mas que os fugitivos haviam se dispersado próximo a um açude.

De longe, Antônio Maria apenas observava, protegido por um capataz à sua frente e uma grande árvore às costas. Mas, de cima da árvore, um indígena se preparava para um bote sobre meu senhor. Nunca entendi por que me importei com aquilo, mas corri em direção a Antônio Maria, e foi quando o indígena se agarrou a ele. Antes que uma machadinha fosse enviada na garganta do senhor de engenho, pulei sobre o atacante, enfiando o pedaço de pau que tinha em minhas mãos no seu peito. O oponente caiu desfalecido, levando também Antônio Maria ao chão. Enquanto o indígena caía, seu olhar me penetrava e eu quase podia ouvi-lo dizendo algo com seu olhar:

– Por quê?

Antônio Maria respirava rápido, recuperando-se do susto. Jogou o corpo ensanguentado de lado e deu a mão para que eu pudesse levantá-lo. Ele olhou fixo em meus olhos enquanto o erguia para depois virar-se para o capataz que deveria tê-lo protegido.

– Inútil, quase que parti desta para melhor! – disse, enquanto se limpava, para depois se voltar de novo para mim Quanto a ti, que a graça divina te proteja no céu, porque em terra, a partir de agora, és um protegido de Antônio Maria.

Uma estranha satisfação tomou conta de mim naquele momento. Francisco me olhou desconfiado.

O confronto havia terminado. Caminhamos para o engenho enquanto o sol nascia. Ao chegarmos, os negros foram encaminhados para a moenda, para seus trabalhos rotineiros, com exceção de mim, que fui chamado à sala da casa-grande. Quando entrei, dei de cara com a grandiosidade que era ser um senhor de engenho na época: a pomposa sala de estar tinha um piso de madeira lustrado, que era quase como andar sobre espelhos; móveis grandiosos e um sofá acolchoado com tecido em veludo vermelho escuro impunham-se no centro; enfeites religiosos não faltavam, crucifixos e imagens de ouro, prata, mármore, pedra e madeira. Uma escrava lavava os pés de Antônio Maria, que estava sentado ao sofá conversando com um capataz.

– És um valoroso soldado! – disse quando notou minha aproximação – E é de guerreiros dessa maestria que preciso na proteção da minha família. De agora em diante serás segurança de minhas propriedades. Que achas?

– O que o meu senhor quiser. – Não poderia ser outra minha resposta.

Meu serviço na casa-grande era claro: vigiar os pertences de Antônio Maria e ajudar os capatazes a capturar escravos fugitivos. Eu saía do posto de escravo, inclusive não dormindo mais na senzala, e era elevado a capataz. Minha nova casa era junto dos meus colegas de trabalho. Mas achar que aquilo traria algum conforto à minha vida era pura ilusão. Dividia um quarto com o capataz que fracassara na defesa do senhor de engenho, que me olhava com desdém sempre que nos cruzávamos. Os outros capatazes também não concordavam com um escravo fora da senzala. Como se isso não bastasse, soube que os outros negros me condenavam por fazer parte das caçadas aos fugitivos.

Restava a mim uma vida ainda mais solitária, resignada aos serviços, principalmente, no interior da casa-grande. Em rodas de conversa na cozinha, escutava as escravas sussurrando a história da família, e em alguns meses já estava a par das rotinas da casa e dos familiares do meu senhor. Jorge, por exemplo, trabalhava duro com o pai no engenho. Era um garoto que não aceitava que teria que se tornar padre, como queria Antônio Maria. Entraria no seminário em alguns dias, o que vez ou outra provocava grandes discussões à mesa. Já Rita parecia aceitar melhor a vida religiosa. Mas isso não impedia que, quando sozinha pela casa, provocasse os capatazes, que, mesmo tentados, temiam a fúria do pai.

Mesmo dentro da casa-grande, eu pouco sabia a respeito do filho mais novo, Lúcio, que vivia enclausurado no seu quarto. Era proibido falar dele na casa-grande. A última escrava que havia apenas pronunciado o nome do caçula à mesa tinha sido chicoteada no tronco durante toda uma noite. Por motivo que eu desconhecia, Lúcio não comia à mesa com o pai e os irmãos. Sua face era um mistério, e poucas vezes eu vira a porta do seu cômodo se abrir, exceto para a entrada de seu pai ou um de seus irmãos, que se revezavam nos seus cuidados. Quando a porta abria, eu me esforçava para ver algo, mas conseguia enxergar apenas as paredes de dentro lotadas de imagens, crucifixos e todo tipo de acessório religioso. Aqui me fazia imaginar se Antônio Maria não teria atribuído à religião, ou à falta dela, a morte de sua esposa e de seu primogênito. Sobre essa história, inclusive, alguns boatos corriam na casa.

Havia poucos meses, o senhor de engenho e seus familiares haviam chegado de uma viagem a Portugal que havia durado mais de uma década. Durante esse tempo, a família vivera em Lisboa, e Antônio Maria apenas esporadicamente viajava ao Brasil, para se assegurar de que tudo estava em ordem em seu engenho. A ideia inicial é que fosse uma viagem a passeio de poucos meses, não fosse uma repentina doença rara que acometeu Pedro, filho mais velho de Antônio Maria, na época ainda uma criança. Tendo consciência de que na Europa teria melhores recursos médicos, a família inteira decidiu ficar para que o menino se tratasse. As escravas contam que durante a doença de Pedro, sua mãe, Dona Mocinha, descobrira que estava grávida. Pedro morreu algum tempo depois, próximo da data em que seu irmão Lúcio nasceria. Ao que parece, Dona Mocinha morreu durante o parto, em decorrência da mesma doença de Pedro, embora as amas da casa acreditassem que tinha sido desgosto de perder seu primeiro filho. Essas mortes mexeram profundamente com Antônio Maria. Mesmo assim, o senhor de engenho e os três filhos restantes continuaram no Velho Continente até que Lúcio completasse dez anos.

A volta definitiva de Antônio Maria ao Brasil também rendia histórias, no mínimo, exóticas. Lúcio havia sido trazido até o engenho dentro de uma de carruagem sem janelas e ninguém viu sua transposição para o quarto. Às vezes me questionava se o filho mais novo do senhor do engenho realmente existia. Ou ainda se o meu senhor não tinha depositado a culpa das suas perdas no filho caçula, aprisionando-o como castigo. Mas o verdadeiro motivo eu saberia em breve.

Certa madrugada, a lua cheia imponente ilustrava o céu. Eu fazia minha ronda dentro da casa-grande como vigia. Como todas as outras vezes, flagrei Jorge abandonando seu quarto para o tradicional assédio às escravas na senzala. O sono de Rita também estava inquieto naquele dia. Vestida apenas com uma camisola longa, quase transparente e com detalhes bordados, naquela noite a filha do senhor começou a me tentar na porta do quarto de Lúcio. Suas madeixas claras caíam sobre seus dois pequenos e curvilíneos seios, dos quais vazavam as pontas escuras pela roupa de dormir. Entediada com sua escala no quarto do irmão mais novo, ela entrava e saia do cômodo repetitivamente, o que me perturbava. Desde a captura na África eu tinha me privado do contato com mulheres. Em verdade, nenhuma mulher havia me interessado como Umaiame. Com Rita não era diferente, ainda contando negativamente sua opressiva cor branca.

– Sebastião, tem um rato no meu quarto... Tira esse nojento daqui!

O que mais eu poderia fazer que não fosse obedecê-la? Eu sabia que o rato ali era eu, entrando direto na ratoeira do destino.

Parado dentro do quarto, assisti Rita se despindo. Podia talvez alcançar os dois extremos de sua cintura com uma mão, de tão fina que era sua silhueta. Minha respiração acelerou quando ela se aproximou de mim, desatando o cordão que segurava minha calça.

– Na próxima semana vou-me embora do engenho com meu irmão. Não verei um só homem durante longos anos.

Rita dava voltas ao meu redor, enquanto eu continuava paralisado, evitando o confronto com seus olhos. Ela desceu a mão lentamente pela minha barriga, até alcançar o meio das minhas virilhas.

– Disseram que tu eras príncipe na África. Agora entendo toda a tua majestade... – foram as últimas palavras de Rita, antes que eu a jogasse na cama.

A abstinência a que eu havia me submetido foi o combustível para que eu oferecesse o sexo selvagem que Rita esperava. A senhorinha não era mais virgem, na certa algum capataz mais corajoso do que eu já tinha se aventurado em suas curvas. Ou mais de um. O fato é que ela sabia muito bem o que estava fazendo.

Entretido nos braços da filha do meu senhor, não percebi que seu irmão mais velho invadira o quarto. Descamisado e ofegante, Jorge tinha em seus braços uma negra seminua desacordada e coberta de sangue.

– Rita, o que fazes que não vigias Lúcio... – Jorge subitamente interrompeu sua fala ao me ver por cima de sua irmã – Nêgo vagabundo, como ousa...! – Soltou a escrava, que desabou no chão, e me arrancou da cama, me jogando de lado.

Rita parecia assustada, mas apenas observou, sem protestar em minha defesa. Jorge agarrou a irmã pelo braço e puxou-a para fora do quarto. Nu, no canto do quarto, só pude observar quando Jorge e Rita saíram do quarto.

– Logo papai saberá como castigá-la por tamanho pecado, mas por agora tu tens de me ajudar a conter Lúcio. Ele está pior do que o normal – disse Jorge para a irmã.

Ao proferir essas últimas palavras, ele bateu a porta do quarto de Rita com força, e o barulho que se ouviu a seguir pareceu ser da chave girando na fechadura. Eu fiquei trancafiado. Corri para a janela, que, além da porta, era a única abertura do quarto. Estava no andar de cima do casarão de Antônio Maria a, pelo menos, cinco metros do chão. Sem alternativa, me vesti e me pus a aguardar que lembrassem de mim, embora já imaginasse a série de castigos que me aguardava. Olhando pela janela, me chamou a atenção a grande lua cheia que despontava naquela noite, um prefácio do que estava por vir. Mas não foi apenas isso que vi.

Espreitando sob as sombras, reconheci um vulto, entre vários outros, armado com um pedaço de bambu. Do lado de fora, o negro Francisco preparava a revolta que havia tempos vinha tramando. Além dos escravos, vi pessoas de peles menos escuras. Eram indígenas. Francisco provavelmente havia feito uma aliança com eles, que buscavam vingança. Um massacre tramado para um dia de lua cheia.

Senti meu sangue ferver. Eu precisava fazer alguma coisa. Procuraria avisar ao meu senhor? Juntava-me aos negros lutando por minha liberdade? Prostrava-me no quarto e esperava os eventos se desencadearem? Apesar de todos os maus tratos a que meu povo era submetido na senzala, meu pai sempre me ensinou sobre benevolência, sobre como evitar o derramamento de sangue. A violência podia ser o modo branco de resolver os problemas, mas certamente não era o meu naquela época. Pensei então numa solução razoável: prepararia a fuga da família Coelho e alertaria os capatazes antes do início da pendenga, afinal os indígenas já haviam libertado todos os escravos.

Com um guarda-chuva encontrado no quarto de Rita, forcei uma brecha na porta até arrombá-la. Eu tinha de ser rápido. Francisco devia estar posicionando seus asseclas para executar um ataque antes do nascer do sol, quando o sono dos capatazes e do meu senhor fosse mais intenso. Eu precisava avisar ao meu senhor e incentivá-lo a fugir.

Ao lado do quarto de Rita, a porta do cômodo de Lúcio estava entreaberta. Pensando que Jorge e Rita poderiam levar minha mensagem ao pai, entrei no quarto. Ao entrar pela primeira vez naquele lugar, tive uma série de sensações. O quarto era escuro e tinha um fedor de carne podre misturado com algum perfume floral. Nas paredes, algumas retratos da família estavam soterradas com poeira. Numa estante, havia pilhas de livros velhos. A única janela do quarto estava lacrada com talas de madeira. No meio, à luz de um candelabro sujo e enferrujado, estavam Jorge e Rita. Só depois pude ver Lúcio, à frente deles. Era apenas um garoto, mas tinha um aspecto animalesco. Estava acorrentado pelo pescoço numa cruz enorme de madeira, completamente inquieto, como um animal raivoso querendo se libertar de uma coleira. Usava uma enorme bata branca suja de sangue e aos seus pés jazia uma escrava com ferimentos nos pulsos e no coração. Tinha uma face demoníaca e os olhos em brasa. Seus dentes eram afiados como os de um lobo selvagem.

Naquele momento, algumas coisas ficaram mais claras para mim. Era justamente nas luas cheias que Jorge raptava escravas na senzala. Embriagadas por Jorge, elas diziam não se recordar do que havia acontecido quando retornavam à senzala. Algumas negras nem mesmo retornavam, mas o que se dizia na casa era que tinham sido alforriadas ou mesmo fugido durante a noite. Pelo visto, não era bem assim.

– Negro maldito! Quem deu permissão para adentrar o sagrado quarto de nosso irmão? – gritou Jorge.

– Eu... Eu... Precisava avisar ao senhorzinho... Um ataque... – ainda estava pasmo com aquela cena e mal conseguia articular as ideias.

– Eu vou é te dar um jeito, para aprenderes a não te intrometer em assuntos da família Coelho! – Jorge puxou uma espátula de um canto escuro do quarto.

Antes que Jorge se aproximasse de mim, a porta do quarto de Lúcio foi escancarada, deixando que eu visse Francisco com um facão na mão e o colarinho de um assustado Antônio Maria na outra.

– Calma, "sinhozinho", que hoje não é dia de sangue negro cair no chão. – Atrás de si, Francisco fechou a porta.

O quarto ficou em silêncio e, por alguns instantes, ouviram-se apenas os grunhidos de Lúcio.

– Vamo, Tião... Passa pro lado... – Enquanto falava comigo, Francisco se deu conta de Lúcio e da negra ensanguentada no chão – Essa criatura é o filho do senhor de engenho? Então ele mata nossa gente? Esse demônio é o primeiro que vai morrer aqui!

– Deixa o menino em paz! Já não vês o quanto ele sofre? – implorou Antônio Maria. – Teus assuntos aqui são comigo!

Francisco gargalhou, se deliciando com aquele momento. Do interior do quarto de Lúcio, eu ouvia a gritaria dentro da casa de Antônio Maria. Os negros e os indígenas provavelmente já haviam tomado tudo.

– Vamos, "sinhô", vamos... Vamos ver de pertinho teu "filho-bicho"... – Empurrando Antônio Maria, Francisco se aproximou de Lúcio, que tinha parado de grunhir.

Jorge e Rita se afastaram do seu irmão caçula, posicionando-se atrás da enorme cruz que o prendia. Estranhamente, Lúcio começava a ganhar um aspecto mais humano. De cabeça baixa, o garoto ofegava cada vez mais devagar, até que acalmou sua respiração.

– Isso, negro, vem aqui me matar e me livrar dessa maldição. – Lúcio agora parecia um adulto falando. No rosto, ele tinha um sorriso curto.

– Criatura do mal... – Francisco levantou o facão acima da cabeça de Lúcio. – Chega aqui teu fim!

Antes que o facão encontrasse o menino, Jorge, usando a espátula que havia pegado para me atacar, desferiu um golpe certeiro contra a base da corrente que prendia Lúcio à cruz. Ao ouvir o estrondo que o libertava, o garoto, já retransformado em monstro, pulou sobre Francisco e rasgou sua garganta com as unhas, com uma força surpreendente. Mal o escravo caiu no chão, Lúcio avançou sobre seu peito, como um animal esfomeado. Francisco gritou e tentou se afastar dos dentes do menino, sem sucesso. O escravo se debateu por alguns segundos, até perder sua consciência. Hoje me culpo por não ter ajudado Francisco, mas, naqueles breves segundos, fiquei completamente sem ação com aquela demonstração de selvageria. Quando acordei do transe, pensei em me aproximar dos dois, mas Jorge pulou à minha frente com a espátula, fazendo sinal para que eu não me intrometesse. Acreditando que Lúcio estava entretido com Francisco, Antônio Maria, Jorge e Rita preparavam-se para abandonar o quarto.

– Não, pai, nem pense em sair no momento alto da festa... – limpando a boca suja de sangue com a manga da camisa, Lúcio saiu de cima do corpo de Francisco.

– Por favor, filho, as coisas podem ser diferentes agora... – Antônio Maria implorava.

– Por mais de dez anos estive preso! Esperas que eu aceite tuas desculpas assim?

Eu não sabia se tinha ouvido bem. Lúcio se disse preso havia mais de dez anos? Mal tive tempo para refletir sobre aquilo, quando o menino continuou:

– Nunca tive tanta fome na minha vida... E hoje tenho tanto alimento no meu quarto...

Lúcio caminhava lentamente em direção ao pai. Espantavam-me suas mudanças bruscas de comportamento. Antes transformado num animal selvagem, o menino se livrou das vestes sujas e arrumou o cabelo cuidadosamente com as mãos, usando o sangue grosso nas mãos para segurar seu penteado. Eu permanecia imóvel, com Jorge ainda apontando a espátula para mim. Nesse momento, um cheiro forte de fumaça invadiu o quarto. A casa estava sendo queimada.

– Huuum... Acho que teremos carne malpassada para o café da manhã de hoje, papai.

A eloquência de Lúcio ao pronunciar cada palavra me espantava cada vez mais. Pensava se algum espírito maligno havia se apoderado daquele corpo. Naquele momento ouvimos pancadas na porta seguidas por gritos.

– Vamos, Francisco! A casa está quase toda queimada!

– Ainda aí, Francisco?

Eram outros escravos, que na certa tinham dado por falta do seu líder. Dois negros e um indígena entraram no quarto. Mal conseguiram ver o cenário sinistro ali dentro, já que Lúcio pulou com a boca no pescoço do indígena e com a mão no pescoço de um dos negros. Sua força, tanto com a boca quanto com a mão, era descomunal. O outro negro espantou-se com a cena e partiu em disparada, gritando coisas como "Satanás" e "coisa ruim".

Lúcio saiu de cima dos corpos e olhou novamente para dentro do quarto. Em meio à confusão na porta, Jorge tentava, com a espátula, arrombar a janela no fundo do quarto. Mal consegui enxergar quando o garoto correu numa velocidade sobrenatural e agarrou os ombros do irmão com as duas mãos. Jorge não teve tempo nem de perceber o golpe do irmão mais novo, que arrancou um tufo de carne das costas do irmão maior. Antônio Maria e Rita pularam sobre Lúcio para tentar detê-lo, mas, mesmo juntos, tinham menos força do que aquela criança. Ao perceber que Jorge já não tinha mais vida, Lúcio usou suas garras para marcar o rosto de Antônio Maria e rasgar um dos seios de Rita. Os dois caíram desmaiados no chão, juntando-se ao corpo de Jorge.

– Ao sangue do pai retorna o sangue dos filhos... – disse Lúcio ao ver o encontro do sangue de seus familiares no chão.

Do outro lado do quarto, recuperando-me do choque pelo que vira, percebi que não podia fazer nada pela família do meu senhor. Olhei para a saída do quarto e corri com todo a força que ainda tinha. Senti um alívio profundo quando atravessei a porta, como se tivesse abandonado o inferno. Os corredores da casa estavam em chamas e tive dificuldade para descer as escadas e chegar à sala. Para piorar, descobri que a entrada principal estava interrompida por móveis em chamas. Foi quando uma mão pequena puxou meu braço com uma grande força.

– Deixando a festa antes do final, negro?

Lúcio me segurou com força. Tentei, em vão, me livrar da mão do garoto. Alguma força mágica o tornava mais forte do que eu.

Lúcio me jogou contra a parede da sala, onde se encontrava um enorme retrato de Antônio Maria. A moldura do quadro feriu minhas costas. Caí quase de joelhos no chão. O garoto se aproximou.

– Alguém tem que contar sobre o legado da família Coelho... – voltou-se seriamente para mim – Por isso, negro, tu tiraste a grande sorte e sobreviverás.

Antes que Lúcio terminasse de falar, caí desmaiado com o rosto sobre o chão, por efeito de uma dor lancinante. Sentia o ferimento nas minhas costas e, antes de apagar por completo, verifiquei com uma das mãos que um pedaço da moldura havia se fincado acima da minha cintura. Eu sangrava muito. Minha visão embaçava. Lúcio estava se aproximando de mim, quando caí num sono profundo. Sonhei que Umaiame chorava sobre um cadáver. Aproximei-me dela e disse que ficaríamos juntos. Mas ela não olhava para mim e não me notava. Quando vi o corpo pelo qual ela chorava, percebi que se tratava de mim mesmo. Eu comecei a gritar, dizia que estava indo para perto dela, que ficaríamos juntos no jardim da morte, mas ela só chorava. Quando consegui ver sua face, observei que, como no sonho com Raimundo, seus olhos derramavam sangue. Naquele momento, uma dor enorme tomou conta do meu peito. Senti-me sugado. Mais dor. Muita dor. Aos poucos a dor foi se transformando. Minha garganta começou a arder e eu comecei a sentir sede. Muita sede. Logo, uma luz forte brilhou dentro da minha cabeça, até que se transformou numa intensa escuridão. Sede. Muita sede.

– Escuta bem, negro. Atenção aos detalhes. – Em meio aos delírios, ouvi a voz de Lúcio conversando serenamente comigo. – Eu tinha dez anos quando viajei à Europa com meus pais. Minha mãe era uma das mulheres mais lindas que já existiram e meu pai um rico senhor de terras. Quando chegamos a Lisboa, nossa família chamava a atenção dos ricaços europeus. Eu me chamava Pedro, mas nunca gostei desse nome. Era o primogênito de Antônio Maria, que na época gozava de uma das maiores plantações de cana do Reino. Seria tudo meu, se não fosse aquela criatura de branco. Aquela linda criatura de branco. A lua estava cheia quando ela sussurrou no meu ouvido, na saída do teatro. Segurando as mãos dos meus pais, eu disse que ela havia falado comigo. Eles riram, falaram algo sobre a minha imaginação. Estávamos numa estalagem e meus irmãos mais novos, Jorge e Rita, dormiam em casa com as amas. Era quase meia-noite quando saí com outra criança. Eu disse aos meus pais que ia brincar na rua, mas na verdade estava atendendo ao chamado da criatura de branco.

Estava tão atordoado que detalhes como Lúcio dizer que se chamara Pedro e que era o filho mais velho de Antônio Maria não me chamaram a atenção. Eu comecei a abrir os olhos. Na minha frente, estava Lúcio, no meio das chamas da casa-grande, segurando em uma mão a cabeça decepada de Antônio Maria.

– Aquela criatura me visitou algumas noites. A cada visita, eu mudava profundamente. A fome aumentava. A primeira morte foi a de Sansão, o cachorro que criávamos. Quando o vi, vivo, na minha frente, pude sentir o calor de seu corpo – Lúcio esboçou um breve sorriso. – Eu não conseguia me manter acordado à luz do dia e evitava qualquer tipo de luz, porque ela feria meus olhos. Quando meu pai tentou me forçar a sair do quarto numa manhã, eu o agredi. Ele quis revidar, mas minha mãe não deixou. Naquela noite, ela dormiu no meu quarto para me proteger. Serenamente repousando ao meu lado, senti sua pulsação. Suas veias eram estradas por onde corriam luzes coloridas, iluminando aquele seu corpo claro. Eu sentia muito frio e parecia que só o seu corpo podia me aquecer. Eu queria estar dentro dela novamente. Eu queria o seu coração. – Lúcio parou por um instante – Foi a minha segunda morte.

No meio daquela face demoníaca, vi um brilho de tristeza em seus olhos. Mas ela durou poucos segundos, substituída por um sorriso irônico do garoto, que revelou ainda duas enormes presas na sua boca.

– Meu pai me condenou. Meus irmãos eram tão novos que não entenderam o que estava acontecendo. Foram dez anos em Portugal, sendo analisado por médicos, cientistas e religiosos de todos os tipos. Vivia acorrentado. Trancafiado. Era alimentado com sangue de animais de rua. Sabe, até hoje não sei por que minha família nunca me abandonou. – Lúcio mexia de um lado a outro a cabeça do seu pai, que tinha os olhos terrivelmente virados. – Talvez porque se lembrassem de como minha mãe tentou me proteger e da vida que ela deu por mim. Voltamos ao Brasil e à casa-grande. Meu pai acobertou os fatos, fantasiando sobre a morte precoce de seu herdeiro e esposa e o nascimento de um filho caçula que ele nunca teve. De que outra forma ele explicaria que seu filho mais velho tinha vinte anos, embora o corpo nunca tivesse deixado de ser de uma criança? Aqui, permaneci privado da liberdade. Tive como companhia apenas velhos livros, muitos deles tratando da minha condição. Li todos tentando compreender minha natureza. Mas tudo que consegui foram mais dúvidas. Agora posso ganhar o mundo e descobrir a verdade por mim mesmo. A verdade sobre mim... e agora sobre você também – disse, olhando para mim seriamente. – Aconselho a procurar por tua nova essência, assim como eu o farei.

Já me sentindo recuperado dos ferimentos, passei as mãos pelas minhas costas, e notei que nem a moldura do quadro e nem a ferida estavam mais lá. Quando olhei para a frente novamente, Lúcio havia desaparecido entre as sombras. Dei-me conta novamente de que a casa ainda estava em chamas. Eu tinha de sair dali rápido. Ao lado da porta bloqueada, vi uma janela alta. Mesmo achando que ela estivesse num ponto em que eu não conseguiria alcançá-la, corri até ela e pulei com toda a força que tinha. Caí do lado de fora da casa e notei que a madrugada estava terminando. Toda a força que eu parecia ter recuperado subitamente começou a desaparecer. A sede estava voltando e comecei a me sentir fraco. Sem forças nas pernas, praticamente me arrastei até o meio da mata. Não havia mais ninguém nos arredores da casa-grande. Mais uma vez eu estava só.

Eu não sabia para onde estava indo, só queria encontrar alguém que pudesse me ajudar. Minha pele ardia, num intenso calor. O dia estava amanhecendo e, por algum motivo, aquilo se tornava ameaçador. A cada minuto que passava, o calor se tornava insuportável. Instintivamente, parei em cima de uma porção de terra úmida sem vegetação e comecei a cavar. O tempo passava, o calor aumentava e comecei a entrar no buraco enquanto ainda o abria. Em menos de uma hora, aquela cova já tinha quase o meu tamanho. Joguei-me nela e comecei a puxar a areia sobre mim. Mesmo com quase um palmo de solo sob minha face, não senti falta do ar. O amanhecer ia se aproximando e, mesmo debaixo da terra úmida, meu corpo começou a esquentar, como se eu estivesse em uma fogueira. Pensei que iria morrer. A luz do início da manhã atravessava o solo barrento, quase me cegando. Desmaiei de dor.

Acordei com um barulho. A luz do Sol não existia mais. Eu havia dormido durante todo o dia dentro daquela cova que eu mesmo cavei. Desenterrei-me e percebi que dois animais grandes campeavam próximos a mim. A sede que sentira antes de desmaiar estava ainda mais forte. Meus sentidos captavam com clareza o cheiro dos bichos e seus corações batendo. Instintivamente, preparei-me para emboscá-los. Sentia a noite me fortalecendo e era guiado pela sede, que estava me enlouquecendo. Eu era qualquer coisa naquele momento, menos um ser humano.

Mesmo sem nenhuma iluminação no meio do mato, eu conseguia discernir os obstáculos da selva à minha frente com facilidade. Não podia ver com precisão minhas presas, mas sabia que podia atacá-los. Pulei sobre os dois com minhas mãos em seus pescoços, perfurando a jugular de um deles com meus dentes. O sangue caiu para dentro da minha garganta, liberando uma incrível sensação de bem-estar. Foi quando ouvi algo:

– Socorro! Alguém ajude!

Era um grito humano. Uma mulher. Meus sentidos humanos começaram a voltar e só então percebi que havia atacado dois seres humanos. Não conseguia fazer com que meu corpo os soltasse. Continuei me alimentando daquele líquido quente de uma das vítimas até sentir a última gota. A outra caça tentava, em vão, livrar-se de mim. Mesmo com toda a sua força, era impossível que ele movesse um dedo meu sequer. Quase como num instinto para que ele não se soltasse, apertei com mais força seu pescoço branco, que se esfarelou na minha mão, como se eu apertasse uma barra de sabão. Tendo acabado o sangue da primeira presa, pulei sobre o peito do jovem rapaz, sugando toda a essência da vida que ainda lhe restava direto do seu coração. Uma fonte que parecia oferecer um alimento mais limpo e mais quente. Com os olhos adaptados à escuridão olhei a pele clara das minhas vítimas e senti um estranho prazer, que removeu grande parte da culpa que eu estava sentindo.

Saciado, derrubei os corpos no chão e me dei conta do que tinha acabado de fazer. Por que fiz aquilo? Ainda era eu mesmo naquele corpo? Comecei a ter dúvidas se estava vivo ou morto, apenas para concluir que já tinha começado a morrer no dia em que fui arrancado da minha gente. Caí num choro efusivo e parti sem rumo, correndo para o meio do matagal. Pensava sobre cada minuto que vivi nessa terra nova e cada vez que ela machucou a mim e aos que vieram junto comigo. A sede não tinha ido embora ainda e sabia que logo teria de encontrar mais alimento, mais sangue. De preferência, da cor que me oprimiu desde que eu havia chegado ao Brasil.

Flint Deadwood e Durin em:

Regra Básica

Antes de começarmos:

Meu nome é Robert Rodriguez e fui psicografado em vida neste roteiro. Porrada. Violência. E alguém sujo com algum líquido viscoso desconhecido. Poucas palavras, muita ação. Uma garrafa de vinho quebrada. Isso tudo em algum lugar entre a Terra Média e Tatooine, num futuro muito distante, num lugar onde jamais nenhum humano tenha ido. Flint Deadwood é um antiquado vaqueiro autista. Durin é um anão mal-humorado. Juntos eles só querem encontrar a garrafa de whisky mais velha do oeste espacial. Enquanto isso vão encontrar todo naipe de criaturas espaciais e seres fantásticos.

Página 1

Quadro 1 – Close de um cigarro folgado na boca de FLINT. Suor escorre nos pelos do seu rosto e conseguimos perceber um certo cansaço na sua expressão.

TEXTO
Odeio.

Quadro 2 – Zoom out: FLINT arruma o chapéu na sua cabeça com uma de suas mãos. Não podemos ver seu corpo do peito para baixo e nem onde está sua outra mão.

TEXTO
Diacho, como eu odeio quando fazem isso.

Quadro 3 – Zoom out: podemos ver melhor o cenário. Estamos na Taverna do Angus, misto de saloon de faroeste com boate futurista, tipo a "Taverna do Goblin" de Star Wars ou aqueles bares que o Lobo frequenta no espaço. Pelo chão, vários corpos de todo tipo de criatura: orcs, goblins, curupiras etc. FLINT está sentado num banco do balcão com uma das mãos evitando que suas tripas saiam para fora da barriga. Ele está cansado, mas parece despreocupado. No canto, caído no chão em pedaços, uma espécie de HOMEM-SALAMANDRA, com dois metros e meio de comprimento. Quando penso nesse cara, lembro daqueles monstros malfeitos dos Power Rangers. Aqui entram os créditos da história.

Quadro 4 – Durin surge de baixo do corpo da salamandra, completamente coberto por sangue, banha e algo viscoso semelhante a catarro.

DURIN
Você e sua droga de regra básica...

Quadro 5 – Semelhante ao quadro anterior, mas FLINT e DURIN olham para cima como se algo chamasse a atenção deles. Um grande feixe de luz está invadindo o quadro.

TEXTO
Todo mundo sabe o que acontece agora: a vingança da mamãe.

Página 2
Quadro 1 – Grande quadro: uma salamandra de 15 metros de altura, como um monstro gigante tokusatsu, está sobre duas patas, segurando o teto da Taverna. Pelo tento arrancado da taverna, vemos FLINT e DURIN como no quadro anterior.

FLINT
Se tem algo que aprendi nessa viagens, Durin, é que não devemos partir o coração de uma mãe.

Quadro 2 – FLINT agarra DURIN pelo colarinho.

DURIN
Porra, Deadwood...

Quadro 3 – FLINT arremessa DURIN em direção à SALAMANDRA-MÃE.

Quadro 4 – DURIN entra garganta abaixo na SALAMANDRA-MÃE.

SALAMANDRA-MÃE
COF!

Quadro 5 – FLINT pula sobre a pele da SALAMANDRA-MÃE, escalando por suas escamas. Ele está com uma garrafa quebrada na mão.

Quadro 6 – FLINT rasga a garganta da SALAMANDRA com a garrafa quebrada, fazendo jorrar milhares de litros de sangue amarelo.

Quadro 7 – FLINT puxa DURIN da garganta do monstro. DURIN está coberto de algo viscoso.

Quadro 8 – Grande quadro: a SALAMANDRA-MÃE, está despencando, em direção à Taverna.

Página 3

Quadro 1 – Zoom in: FLINT está agarrado no corte na garganta do monstro com uma mão e DURIN debaixo do outro braço, enquanto a SALAMANDRA-MÃE está despencando. A velocidade do movimento de queda da SALAMANDRA-MÃE movimenta os cabelos e as roupas de FLINT e DURIN. FLINT parece satisfeito com a brisa no rosto. DURIN parece desesperado, com os dentes trincados e os olhos esbugalhados.

Quadro 2 – Aqui vemos um detalhe do impacto do corpo da SALAMANDRA-MÃE no chão, seguido de uma grande onomatopéia: "BOOOOOMP!". Muita poeira se levanta do impacto e alguns destroços são arremessados para o lado.

Quadro 3 – Do corpo da SALAMANDRA-MÃE no chão, vemos uma saraivada de tiros de metralhadora sair de dentro para fora.

Quadro 4 – Semelhante ao quadro anterior: FLINT sai de dentro do buraco nas costas do monstro com DURIN, agora ambos estão cheio de líquido viscoso sobre si. FLINT está com uma arma gigante, a la Frank Miller.

FLINT
Sorte a nossa ela ter engolido algum tipo de grupo paramilitar antes da gente.

DURIN
Odeio essa sua maldita regra! Odeio! Odeio!

Quadro 5 – FLINT está sentado sobre o pescoço do monstro. Ao seu lado, DURIN parece tentar se livrar da gosma grudenta interna da SALAMANDRA-MÃE.

DURIN
Merda, Deadwood! Eu sempre acabo assim, coberto de alguma coisa grudenta!

Quadro 6 – Close de FLINT.

FLINT
Ela pediu por isso, nanico. E antes o filho dela tinha pedido.

Página 4
Quadro 1 – Temos um quadro de flashback: O HOMEM-SALAMANDRA da primeira página está falando com FLINT, que está sentado no balcão da Taverna. Enquanto ele fala, vários grandes pingos de saliva gotejam no rosto de FLINT e no seu copo cheio de whisky. FLINT está sério.

HOMEM-SALAMANDRA
Com licença, que horas são?

Quadro 2 – Plano detalhe: os pingos de saliva caem na superfície da bebida de FLINT.

Quadro 3 – De volta ao presente, temos um grande quadro horizontal: a SALAMANDRA-MÃE está caída desfalecida sobre os escombros da Taverna ao fundo, enquanto DURIN e FLINT caminham em direção ao leitor. DURIN está fulo da vida, enquanto FLINT limpa o rosto com um lenço estampado de caveirinhas.

TEXTO
Regra básica do Flint: ninguém mexe na bebida de Flint Deadwood.

FIM.

Agradecimentos

Este livro foi realizado junto com o romance *Mata-mata* com o apoio dos leitores numa campanha de financiamento coletivo. Os editores e o autor agradecem de coração a cada um que fez parte da publicação.

Adams Pinto
Adauto Celso Sambaquy
Adriano Ladeira Vannucchi
Alex Nunes
Alex Santos de Queiroz
Alice Andrioli Pinheiro
Alice Maria Marinho Rodrigues Lima
Amanda Pereira
Ana Carolina Andrade
ana gabi
Ana Lúcia Merege
André Albuquerque
André de Albuquerque Brito
Antonio Carlos de Oliveira
Antônio Fabrizio Martins Caldas
Arthur Xenofonte
Artur Rocha Silva
Beto Nicácio
Bianca Pontes de Siqueira
Bruno Brunelli
Bruno Fim
Bruno Henrique Oliveira Lima
Bruno Pinheiro Ivan
Carlos Tourinho
Carmélia Aragão
Cassiano Oliveira Moreira
Catharina Varandas
Celso Cavalcanti
Cesar Lopes Aguiar
Cesar Mattos Rocha
Charles Ribeiro Pinheiro
Cristiano dos Passos
Cristiano Ludgerio
Cristiano Seixas
Dango Yoshio
Daniel William T. Rodrigues
Danielle Moreira
Danilo Anastácio
Darwiz Bagdeve
Débora Cristina
Deyvison Manes
Diego Celedonio
Diego Santos Pinheiro
Dinei Júnior Rocha
Diogo Gomes
Diogo Vasconcelos Barros Cronemberger
Dmitri Gadelha
Edilberto Florencio
Edmundo Vasconcelos
Edson Alencar Silva
Eduardo Maciel Ribeiro
Eduardo Porto
Elicarlo de Moura Mesquita
Elpidio Rodrigues da Rocha Neto
Emerson F. de Almeida
Erick Silva
Esdras Régis da Silva
Fabio King
Felipe Malafaia Alves
Fernando L Raeder
Francisca das Chagas Portela Martins
Francisco Gustavo Cavalcante Belo
Francisco Rafael dos Santos Aragão
Francisco Ucha
George A. F. Dantas
Giovanna Magda
Glauber Uchoa
Gledson Ribeiro de Oliveira
Gleison Araujo de Castro
Gleuber Carvalho de Melo

Heclair Rodrigues Pimentel Filho

Heitor Monte Heitor

Hélio Sena

Hermes Rafael de Freitas Junior

Hugo Silva Quintas

Ialis Cavalcante de Paula Junior

Igor Camilo

Igor Furini Do Amarante

IRADOPG

Iramir Araujo

Ismael Tomaz Mendes

João Amauri Pinheiro de Oliveira

João Batista De Sousa Teixeira

Joaquim Sátiro

Joe Carvalho

Jorge Alexandre Moreira

Jose Joaquim Porto de Paula

José Lito Moura Neto

José Paulo da Rocha Brito

Julia do Passo Ramalho

Julierme Rabello de Souza

Julio Belo

Juracy Saboya

Lauri Eduardo dos Santos

Léo Mackellene Gonçalves de Castro

Leonam Von Borowsky

Leonardo Leitão

Leonel Oliveira

Lia Aguiar Carvalho Arruda

Lisaneo Macedo Moreira Melo

Lucas Cabral Carneiro da Cunha

Luis Alberto de Seixas Buttes

Luís Carlos Sousa

Luiz Henrique Ratts Da Silva

Luva Editora

Makolyn Carneiro matias

Marcel "Arkymago" Valverde

Marcelo Dornelis Carvalhal

Marcelo Viana

Marcio Machado Matos

Marcos César de Vasconcelos Lima

Maria Inês Farias Borne

Matheus Melo Monteiro

Maurício Fregonesi Falleiros

Mauricio Simões

Michel Barreto Soares

Murilo

Murilo Zibetti

Oracir Alberto Pires do Prado

Patricia Souza

Paulo Henrique Rodrigues

Pedro Augusto Azevedo Albuquerque Silva

Quinta Capa Quadrinhos Livraria

Rafael Effe

Rafael Joca Cardoso

Rafael Martins da Costa

Rafael Romero Vasquez

Rafael Scavone

Ramiro Pissetti

Ramon Cavalcante Lima

Raymundo Netto

Robério Leandro da Silva Leandro

Roberto do Amor Divino

Rodolfo Moragi da silva

Rodrigo Fonseca

Rodrigo Mesquita Araújo

Rodrigo Ortiz Vinholo

Rodrigo Passolargo

Rogério Faria

Rubens dos Santos Rodrigues

Rubens Menezes

Samuel Bono

Sandro Merg Vaz

Sérgio Ricardo de Campos

Sunça - Felipe Assumpção Soares

Vidal Vasconcelos

Vinícius de Andrade Costa Nunes

Vinicius Gomes de Oliveira

Wagner Nogueira

Weber Urschei

Wellingson Vasconcelos Grangeiro

Weslley Allex

Yasmin Luz

Yves Gurgel

Este livro foi impresso em papel pólen bold na
Renovagraf em Março de 2022, durante o final da Pandemia.